曽野綾子

人間にとって病いとは何

幻冬舎新書
500

まえがき――正常と病気の間をさまよい歩くのが人生

人間は不思議なものである。

哲学的、科学的な頭脳の持ち主は、多分私のように直感的な閃《ひらめ》きに頼っている人間を許せないだろう。

私は音楽が好きで、オーケストラの定期演奏会の年間会員になっているが、オーケストラは、一人の人間の体の部分的働きを取り出した姿に似ている。

一つの楽器では、交響曲は創れないのだ。弦楽器なら多少メロディはわかるだろうが、打楽器になったら、曲の全貌を見せてくれない。

「驕《おご》ってはいけない」

と、私は学生時代に教えられた。

一人の人間は、社会からみると、人体の部分のようである。眼は大切なものだが、眼が感知したものを、神経を使って大脳に伝えなければ何の意味も持たない。脳からみると足の裏などという部分は、何ら重要な働きをしていないようでもある。顔でもないし、手のように薪割《まき》り、水汲みなどという作業に直接携わってもいない。

しかし足の裏がなかったら、考えたことを喋ったり、一人の人間がどこかに移動することもできないから食事も作れない。だから、「眼が足の裏に向かって、お前は要らない……」ということはできないわけだ。人体のすべてが要るのである。

同様に、一家や一族の中で、「アイツはできそこないだ」と思われているような人でも、要らない存在はない。

事柄はすべて入り組んでいて、その結合によって新しい価値を生み出すのである。

「体」と言っても、私がここで書こうとしているのは、精神と肉体の部分に分けた厳密な意味ではなく、人間の総体のことだ。私など気分で動く性格なので、体が悪くても、精神力でかなり働ける時もあれば、気分的に落ち込んでいると、簡単な文章さえ書けなくなる時もある。

ほんとうに私は、自分の体に長い間、手こずって来た。しかし現実的には、何も深刻な病気をしていない。肩凝りだの鼻づまりだの、最近では猫の毛アレルギーだのというマンガ的な故障ばかり起こしている。


今私は二匹の猫を飼っているのだが、そのうちの一匹が或る夜、ベッドで寝ている私の頬のところに上がって来て、ヒゲで私の耳にさわり、そのままそこで短時間眠った。目が覚めたのは猫がベッドから下りたのと、私の耳にぶつぶつした発疹《ほっしん》ができて猛烈に痒《かゆ》くなって来たからである。

私は自分がほんとうに猫を可愛がっているのかどうか、わからなくなって来た。

フロイトその他の精神分析学者によると、人間には、意識下の部分があり、私と猫のような場合、表面上は猫を溺愛《できあい》しているかのように見えても、心の奥底ではその存在を嫌っている、というような関係もあり得る、という。

私の意識の中で、自分の肉体的存在は、しばしば始末に悪いものであったが、つまりそれが自分というものなのだろう、ということは納得していた。よくても悪くても、自分と付き合っていかねばならない。


三十歳になる直前に、私は軽い鬱《うつ》病になったが、その時、健康ほど楽なものはない、と思い知った。いいものというより、楽なものだとわかったのである。健康には基準がない。しかし自分の病変は辛く、健康になると楽になる。

病気をしない人はいないから、正常と病気の間を、心と体がさまよい歩くのが人生なのだろう。そこに危うさと救いもある。これらを共に信じる自分の頼りなさを素直に記録したのが、この本だと思って頂ければ、幸いだ。

内戦中の土地の住民のように水汲み一つに出るのも命がけというような生活をしなくて済んで、私は何と幸福なのだろう、と思える日も多いのだが、心と体という二頭立ての馬車の馬の一方が常に暴走気味で、統制が取れない状態にはよくなる。

まあ、一人の生活者としては、「このなかなか真っ直ぐに走ってくれない馬車」を何とか一生操《あやつ》っていくだけが任務なのだろう。

そのコントロールの足しになれば、と思って書いたエッセイだが、世の中のもので間違いなく役に立つものというのは、私の体験ではハエタタキとかバケツとか、そういう基本的なものだけで、他人の書いた文章など何の役にも立たないことが多いということも、重々自覚してはいるのである。

二〇一八年初夏

曽野綾子

人間にとって病いとは何か／目次

DTP 美創

第一話
体は不調になる前に精神に訴える

人間の体の限界について

新しいエッセイの連載が始まるのを前に、私は久しぶりに心が躍るのを感じている。それは、私が今まで全く手をつけていなかった分野について、書こうとしているからである。

全く、というのは正確ではない。私は、あと数カ月で満五十歳になろうという時に、白内障の手術を受けた。現在では白内障は日帰りの手術で治る簡単な眼の異常となっているが、私の場合は少し長いいきさつがあった。それ以前に、眼の湿性肋膜炎《しっせいろくまくえん》といわれている中心性網膜炎という病気にかかった。それが引き金になって、五十歳前に若年性

後極《こうきよく》 白内障が起きた。

私は遺伝性の強度の近視であった。満六歳で小学校に上がった時から、すでに黒板の字が見えなかった。私の生活は、この逃れることのできない条件——視力がないということから、すべて始まっていたのである。

それでも、昭和の初年代、一九三〇年代に生まれたおかげで、私は近眼や老眼や乱視などに対しても矯正の可能なレンズで眼鏡を作ってもらえ、ないはずの視力を極限まで引き出してもらうことができた。それで私はどうやら特殊学級にも行かず、普通の学校を卒業し、やがて、かろうじて「眼鏡使用」という条件で運転免許を取ることもできた。だから、私の視力のない若い時代のことは特に悲劇でもなかったのだが、それでも私は五十歳の白内障手術によって、それまでの強度の近眼の生活から、まったく解き放たれた。その間のいきさつについては、『贈られた眼の記録』（朝日文庫）という本の中で書いている。

私はこれまで約六十年プロの作家として小説を書き続けた。その間、心のというべきか、精神のというべきか、そのような内面の部分については日々書き続けてきたわけである。

しかし、重大な病気はしなかったので、肉体の病気についてはほとんど触れることがなかった。だから、私は精神の健康や症状については饒舌《じょうぜつ》であったが、肉体そのものの健康と人生についてはあまり語ることもなかったのである。

しかし、私はこの頃、人間というものの円満なあり方について、しばしば考えるようになった。実は、私はスポーツというものに、今でもほとんど興味を持っていない。自分がするスポーツにも興味がなく、プロの選手が見せてくれるスポーツを見ることもほとんどない。

一応の理由は私の中にあり、球を投げ合ったり速く走ったりすることで優劣を決めるのはおもしろくないという気持ちがあったのと、スポーツ選手の強さは人間の肉体の弱点を補う結果で、その面についてはすでに機械がその役目を果たしているという気がしていたからである。

たとえば、昔は必ず村で力持ちを選出する競技、つまり力比べがあった。石や俵をどれだけ持ち上げられるかというようなことで、村の青年たちがコンテストをしたのである。しかし、そのような力技がほんとうにいいものかというと、それは誰もがそう思っていたわけではないらしく、人々は重い荷物を持ち上げたりすることは無残な仕事だと思っていた節もある。

それゆえに、科学と工業はフォークリフトやクレーンを発明した。長い距離を歩くのは、誰にとっても辛いことだから、そこで自動車も電車もできた。時間あたりどれだけ速く移動できるかということは、その後の問題になった。つまり、燃料やモーターの構造による機械の性能と、道路そのものやそれに付随した条件によって変わる速度とが、できた機械の優劣を決めると思われるようになったのである。

しかし、いずれにせよ、人間の体の能力の限界を補ったり高めたりすることを、スポーツとして競うということは、私にとってはむしろ滑稽なことに思えた。

「生き延びること」と「知性」は関係ない

若い頃の私は、そういうわけで、やや精神的な世界に関心を傾け過ぎていたきらいがある。それが是正されるようになった第一の段階は、戦争中、日本国内が激しい空襲にさらされた時代であった。私は戦争が始まった時十歳で、終わったのは十三歳の時であったが、その間に食料の不足、停電、断水などのあらゆる生活上の不備を体験した。

一九四五年の三月初めから東京は激しい空襲にさらされるようになり、その中を生き抜いていくには、火から逃れる方法とか、わずかな荷物を持って足早に走ることのできる体力とか、塀を乗り越えられる技術とか、そのようなものが一人の人間の運命を決することを体験した。

そこで、私は目覚めた感がある。つまり、生き延びるということは、知性とはあまり関係がないのだ。むしろ、運動能力や、不潔や栄養のアンバランスに耐える先天的な肉体上の強靭《きょうじん》さが要るというふうに感じたのである。

その強靭さは、後天的な訓練によって身に付くものではなかった。その多くの部分は、生まれつき与えられた先天的な能力で、それは当人にも、国家社会にも、親にも、誰にも責任のないものだというふうに感じてきたのである。これが、私が体や体力について意識した第二の段階であった。

第三の段階は、それからだらだらと続くことになる。プロの作家というものは、その駆け出し時代に多作に耐えられることを要求される。はたしてそれを作家修業の常道《じょうどう》と見ていいのかどうか私にはわからないが、とにかく、かなりの枚数を期日通りに何があっても書くというプロの姿勢を貫けるかどうかが問題になってくるのである。

私は同居している自分の母親を子育てにもこき使った面があるが、とにかく家庭生活らしいものを続けながら原稿を書いた。

睡眠不足など始終だったし、子供が小学校に上がるようになってからは、夫は、子供と朝食だけは一緒に食べることを要求した。夜通し書いて、明け方眠りについたばかりでも、朝食を子供と一緒に摂《と》ってから、また眠ればいいと言うのである。

体の状態を常によくしなければならないという圧迫

そのような段階を経て、前述したように、五十歳の頃から私は視力を得て、再び新しい分野に首を突っ込むようになった。つまり、アフリカを始めとする途上国に頻繁に行くようになったのである。それは私に新鮮な世界を見ることを教えてくれた。

私の子供の頃ですらすでになくなっていた極度の貧困、医療設備と無縁の生活、完全な封建的村の暮らし、そして植民地制度の残滓《ざんし》などを、私は現実の様相としてアフリカ諸国で見られたのである。

　戦争中の日本はどんなにものがなかったと言っても、アフリカのようにほとんど日常的に、今晩食べるものが家の中にないという暮らしがあったわけではない。断水は始終だったが、水道そのものがないアフリカの村の暮らしのように、重い水を容器に入れて何キロも運んだというわけではない。

　また、当時配られるわずかな物資を、日本の社会は公平に配ることができた。私は終戦の年、十三歳で女子工員として動員されていたが、その軍需工場に配給される悪臭のするような干《ひ》鱈《だら》でも、工場は分け隔てなく、私のような下っ端の工員にも配ってくれた。

　これがアフリカであったら、おそらく誰かが独り占めにして売り払い、貧しい力ない者の口になどはほとんど入らなかったであろうと思う。私はそのようなすさまじい汚職の実態をアフリカで見た。

　そして私は、その勉強を続けねばならないと思うようになった。アフリカへ行き、アフリカでものを見るには、日本で暮らすよりほんのわずか、強靭な、生きるための健康や才覚が要った。ゆえに、その頃から私は自分の体を鍛え出した面がある。

しかし、その時すでに私は五十歳を過ぎていた。五十三歳の時にサハラ砂漠を縦断したのだから、そして砂漠というものに足を踏み入れたのは、それが最初だったのだから、私は一から学ばねばならなかった。

砂漠を運転する技術も、電気も水道もないところで、どのような準備によって六人が二台の四駆に分乗して一三八〇キロの無人地帯を切り抜けることができるかというようなことに対して配慮ができるには、基本に健全な体がある必要があった。その時、私の砂漠行きを無謀だと言って止めた人が言ったひと言を、私は今でも覚えている。

「一緒に行く人たちの中に、一人でも胆石の人はいないの?」

私は五十三歳で、その他の隊員はすべて私より年下だったから、まだ老人はいなかったということになるし、砂漠に行くという人たちは、ほとんどがその手の生活の体験者だったから、胆石や喘息《ぜんそく》などの持病がある人は、電気や水もなく医師や医療設備なども考えられない砂漠には決して近づかなかっただろうと思う。

不安を口にした人は、「もし途中で胃けいれんなんかが起きたら困るから、せめて痛み止めの座薬を持っていらっしゃいよ」と言ってくれたので、私はそこで初めて笑い出した。

座薬というものは普段は固体であるが、体温で溶け出すようになっている薬のことと聞いていた。しかし、砂漠の日中は常に体温以上なのである。したがって、座薬を持って旅をするということは、ほとんど無意味な考えと言わねばならなかった。

しかし、体力というものが、精神の多くの部分を支配するということを、私はそれまでにもよく知っていた。

私はむしろその点に弱い方で、少しでも体調が悪いと、すぐ機嫌が悪い顔をする癖があった。或いは、書いた原稿の精度が落ちてくるのがよくわかる。翌朝読み返してみると、昨夜はどうしてあんな緩んだ文章を書いていたのだろう、と思うことがあって、それは前日、微熱があったからだという体験をしている。

したがって、私は人に迷惑をかけないためにも、自分の体の状態を常によくしておかなければならないという圧迫を感じ続けてはいた。

しかし、その手の動物的な恐怖は、多かれ少なかれ誰にでもあるだろう。

精神のざわめきに気づけるか

老人ホームに行くと、「苦虫を嚙み潰したような」おばあさんがよくいるが、それは彼女がすでに人生に対する求愛の情熱を失っていて、お化粧もしなければ、少し目新しいシャツを着ようという気もなくなったからだ、というばかりではないだろう。

そのような老人は、つまり、常にどこか肉体的な不調があって、それに耐えるのに精一杯だからなのだろうと思われる。

しかし、老人になってたった一つ世間に報いられることは、せめて機嫌のいいおじいさん、おばあさんでいることなのだ。そうすれば、社会も老人たちの生活を維持することに、それなりの興味や情熱を持ってくれる。

つまり、意外なことだが、表現者としての私にとって、精神はお喋《しゃべ》り者だったが、肉体は沈黙型であったということだ。

四十代、五十代に、私はしばしば上咽頭炎《じょういんとうえん》になって微熱を出した。それは咽頭の粘膜が弱いせいだと言われたが、私はどうも自分が仮病で病気を感じているような気がしていた。翌日、どこかのパーティーに行かねばならないという日になると、決まって私は喉が悪くなったからである。

そして、その気配は、まず小説が書きにくくなるという形で現れた。自分には書くという才能がない、このままでは作家として続かない、という考えが頭の中にひらめくようになって、ふと気がつくと、喉が悪いんじゃないの？　ということになるのである。

つまり、この場合を見ても、私の中で精神や神経がまず騒ぎ始め、その後で肉体の不都合が解明されるという順序である。

私はこの寡黙な体というものに、ある時から愛おしさを感じるようになった。

普通は、体がまず痛みや病状を訴え、魂がそれを補佐して、黙って耐えているというふうに感じるものである。しかし、私はそうではなかった。作家になるような特殊な感覚があったせいか、私の精神がまず騒ぎ立てた。それから後で、そのざわめきの原因となる肉体の不調に気がつくのである。

持って生まれた体質を生かす

この頃、私は友達とよく「でも体って、とにかく親からもらった遺伝的な能力よね」

と言うようになった。視力がないのも、お腹《なか》が弱いのも、皮膚に始終できものができるのも、その理由の大きなものは、ほとんど生まれつき親からもらった特質なのである。

これは、私が幼い時から育てられた学校で、キリスト教の根本的な思想として受けたさまざまな基本精神と一致するものであった。つまり、私たちは神によってつくられたものであり、そこから受けた特性は一人一人違い、それにより、そこに天職という思想が生まれるということである。

天職は英語ではvocationと言い、あまり現代では人々が使いたがらない言葉である。なぜならば、自由社会においては、人はみな等しく自分の就きたい職業を選ぶことができ、社会が、その人がその希望を叶《かな》えることに向かって協力しなければならない、という姿勢を持っているからである。

しかし、誰もが希望する職業を選べるということではないのだ。その背後には、肉体と精神が渾然《こんぜん》一体となったこの天職の発想がなければ、自然に決定できることではないのである。

オリンピック選手に向いた能力を受け継ぐか、お寺のお坊さまになることが自然かということは、その人の感受性や受け取り方にもよるだろうが、その基本をなしているのは、持って生まれた体質や性格なのである。

それらのものには簡単に優劣がつくと世間では思っているようだが、実はそれは錯覚で、優劣ではなく、それらは特性ということに過ぎない。何に向いているか、ということである。

私は人々の中に出ていくような場を好む性格ではなく、狸《たぬき》のように穴蔵《あなぐら》にこもって仕事をし続けたいという性質だったと気がつくのは、やはり十代の終わり頃になってからだったろう。

私は一見社交的だと思われていて、パーティー好きの人間だというように見られることが多かった。しかし、私は心を許した数人と自分の家でご飯を食べることは大好きだが、よくわからない人のたくさんいるパーティーに出かけるということはほとんどやらない。そのような場は、むしろ怖いのである。

そして、無愛想に家の中にこもっていてもできる仕事は何かということになると、これは広い意味で手職をする職人だけであった。

私は視力がなかったから刺繡《ししゅう》の名人になれるとは思わなかったが、根気がよかったから、たとえば竹籠編みの職人とか、昔流の機織《はたお》りとか、陶器の壊れたのを直す一種の継ぎ師とか、そういったものにはすべてなれそうであった。

そして、そのような性向が、実は視力の不足から来ているのだということに気がついたのが十代の終わりである。

体の指令を受け止める

世の中の職業の多くのものは、人の顔を見覚えなければならない部分がたくさんあった。宿屋の女将さん、小売店の店主、美容師、医師など、どの職業を考えても、相手の名前と顔を覚えられないようではやっていけない。

我が家の近くの小売店の女将さんを見ていても、私が通りかかると、よく「こないだ、おばあちゃんが風邪をひいていなさるという話でしたけど、その後いかがですか？」と聞いてくれる。別にそう言われたからって、私がその日その店から買うわけではないけれど、そのような人間関係の継続の仕方が、いわば仕事の基本というものである。

あらゆる職業を考えていって、相手の顔を覚えなくても済む仕事というと、小説家が一番いいのではないかと思われた。

私は、世話をしてくれる編集者の顔を見て小説を書くわけではない。常に依頼された雑誌や本の中身をよくするような作品が書ければ、黙って書いて、それをひと言の挨拶もなく、取りに来てくれた編集者に渡しても、それはそれで相手も「あの人はあんなものだ」と諦めてくれるに違いないのである。問題は、私がいい原稿が書けるかどうか、ということだけなのだ。

この私の推測が間違っていなかったということを見せる光景に、後年、私は出会った。八王子のはずれの住職のいない破《や》れ寺の本堂に勝手に住み着いていた、きだみのる氏に会ったのである。

きだ氏はフランス文学の専門家であった。しかし、世の中の常識にはいっさい囚《とら》われない人で、たぶん大金持ちということもなかったのであろう。無住のお寺を見つけて、勝手にそこで暮らすようになった。

私が友人の作家と編集者とそこを訪れた時、きだ氏の書斎兼寝室はすさまじいものであった。いつ洗ったともわからぬような、色の変わった枕カバーの付いた枕と、よれよれの布団がはらわたのように座敷の中央に散らかっており、枕の周辺はフランス語の辞書と本、それから洗われていない食器がざるの中に入ったまま放り出してあった。

私たちはそこで編集者が気をきかせて買ってきたすき焼きをすることになったのだが、食事にありつくまでにきれいな食器を整えるのが大変だった。

そのお寺には台所もないらしいので、私は崖の下の流れまで食器を洗いに行かされたのだが、お箸は何日もご飯粒のついたまま乾いていたので、ほとびらかしてきれいにするまでに大変時間がかかった。私は、濡《ぬ》らした箸を近くの小石で叩《たた》いて、石のようになったご飯粒を落とした記憶がある。

たとえば、そのようなところに女性の編集者が原稿を取りに行った場合、これはあまり常識的な付き合いということにはならなかったろうが、それでも作家は作家なのであった。そのために、きだ氏の文学が排除されたということもないし、むしろそれらのことは、きだ氏の一つの特性として評価されている要素でもあった。つまり、この世界は何でもよかったのである。

だから私は人の顔を覚えられないとか、会合が嫌いだとか、そういうことも、たぶんそのままに許されるだろうと考えて、そしてそれはあまり大きな間違いではなかった。作家の世界にはあらゆる人がいた。金儲《かねもう》けの好きな人も、怠け者も、お風呂に入るのが嫌いな人も、バーの女性といつも親しくなっている人も、奥さんに怒鳴られてばかりいる人もいた。

そして、それらがそのまま通用し、特に尊敬はされていないまでも、おもしろがられ、それが限りなく人間的なことだと許されていたのである。

体が命ずる指令を心がどう受け止めていくか、たぶん作家の世界は一つ一つがおもしろい実験場であったのである。

第二話　食事の基本は体が求めるものを与えること

体が教えてくれた栄養失調

私の子供時代には、栄養学らしいものが家庭の中で確立されていたことはなかった。母は昔の女学校を卒業して無学でもなかったが、高度な教育を受けた人でもなかった。日々の食事に関する献立というものは栄養の見地からではなく、もっぱらその食材が手に入りやすいとか、どのように調理しておけば長く保《も》つかとか、それは一人前いくらで買えるかとかということの方が大きい決定要素であったろうと思われる。

その当時の献立というものを思い起こそうとしても、私にはせいぜい二十品くらいしか思い出せない。塩鮭《しおじやけ》の切り身を中心とする塩焼き魚か煮魚が主であった。フライはめったにしなかった。天ぷらもかき揚げや精進揚げは自家で作ったが、車海老《くるまえび》を一匹付けにするようなことはめったにしなかった。しかし、穴子は売っていたので、母はよくそれに衣を付けて揚げていた。また、今ではやや貴重になったハゼやワカサギなどは日常的なもので、よく食べていたような気はする。

そのうちに戦争が始まり、物資が不足してくると、普通の家庭の日常生活には配給制度というものが入ってきた。一人あたりの分として買える米の量を決められたのである。

当時、私は九歳か十歳くらいだったが、それでも日本政府は大人と同じ量の米を配給したと記憶している。それは今では非常に多い量で、二合三勺《しゃく》であった。

現在、私はとても一日に二合三勺分のご飯を食べられない。その理由は簡単で、現代はおかずがたくさんあるからである。昔は塩鮭ひと切れで三膳のご飯を食べたというほどおかずは貧しかったから、その分ご飯をたくさん食べて満腹感を味わったのである。

もし大根と油揚げの煮付けがあったなら、それもけっこうなおかずと感じただろう。

戦前、戦中、戦後間もなくまでは、私たちはそうした極度の貧困の中にあったが、今ここで、その異常事態を語る気持ちはない。人間生活というものは、それこそ人間味に溢《あふ》れたもので、配給制度しかない場合には、必ず「闇」という流通の方法ができるのである。

もちろん配給制度と闇を含めた自由市場とは重なって存在したから、主食（米・粉）以外のものはかなり自由に手に入れることはできた。農家の人をよく知っていたり、××のうちのおばさんの田舎から取り寄せてもらう、などという形のコネがきいた。また、卵などは出回っているものの市価よりも高い値段を出せば、どこからか買えたように記憶している。

食料の不足は、初めのうちはほとんど何の影響も与えないと思っていたが、やがて私にも軽い栄養失調の状態が出るようになった。終戦の年の五月、私は石川県の金沢市に疎開して、中学二年生であったにもかかわらず工場労働者として動員されていたのだが、皮膚病が治らなくなった。

当時、女学生は靴を履くのは非国民で、たとえ持っていても西洋風の靴は履かずに、もんぺに下駄《げた》を履いて工場へ通うのがいいとされていた。私の持っていた下駄は少しおしゃれなほっそりとした桐《きり》のもので、決して重くもなかったし、鼻緒のサイズは合っていたのだが、それでも足袋《たび》なしで下駄を履き続けて歩いたことはない。私の足の親指の根元にはすぐに緒ずれができて、そこを絆創膏《ばんそうこう》で押さえても、なかなか皮膚のただれのようなものが治らなかった。あとで考えてみると、それが栄養失調の症状なのである。

ほかに眼ぼし（フリクテン）といわれるものができた。黒眼と白眼の境に小さな突起ができて、それがゴロゴロするし、まぶしくてたまらないのである。単なる眼病ではなく、それは結核の初期症状であるということは後で知った。

当時、結核は非常に恐ろしい病気であった。末期に至ると、ほとんど死を免れなかったからである。

もっとも、そこに至るまでには長い年月、いわゆる結核患者としての日々があったはずだが、入院したりサナトリウムで暮らしたりするという贅沢《ぜいたく》は、当時の日本人にはできない人が多かった。

それに私は、午後から微熱が出てだるくなることの不自由さだけを忍べば、なんとか日常を普通に暮らしていたのである。

栄養をつけることで病気を防ぐ

当時、私の身辺に東大の数学科に通っていた、非常に優秀な青年がいた。彼は私に数学を教えてくれていたが、あまりの理解力のなさに時々腹を立てているらしいことは、よくわかった。しかし、彼は見捨てることなく、臨時の家庭教師の役を務めてくれていたのである。

その人が、しばらく会わない間に、結核の末期症状といわれる粟粒《ぞくりゅう》結核になり、もうたぶん再起は不可能だろうと、彼の母が私の母に知らせてきた。

私はまだ十三歳だったので、その間何カ月が経ったのか、一年を過ぎたのか、時間の経過があまりはっきりしないのだが、母はたぶん深く心を痛めていただろう。母は私を連れて、ある日その人を見舞いに行くことにした。

素人の間でも、粟粒結核の最期の頃は非常に多くの菌が出て感染力が強くなり、病人の近くには立ち寄らない方がいい、などと言う人もいたが、私の母は自分の身の危険を恐れる人ではなかった。もっとも私はまだあまりにも精神的に未熟で、一人の人が死んでいくとはどういうことか、わかっていなかった面もある。

母と私はその人を見舞いに行き、病床の傍らで二、三十分を過ごし、その人も何か遺言めいたようなことを言って、私たちを困らせるようなこともなかった。

ただ、このお見舞いの結果は、すばらしく明瞭な形になって出た。それまでいくらツベルクリンを注射しても私の反応は徹底して陰性だったのが、その次の回の検査から、ツベルクリンははっきりと陽性に転じた。つまり、私は軽く感染したのである。

その人が亡くなったことの深い悲しみが、その時の十三歳の娘によくわからなかったのは、今にして思うと一つの救いだったが、母にとってその頃一番恐ろしかったのは、娘が結核にかかることだったようである。当時、まだ結核に効く戦後生まれの特効薬は知られていなかった。

母はそのために、私に「栄養をつけさせる」ことに腐心した。といっても、戦後、闇にせよ何にせよ、手に入れられるのは鶏肉ぐらいのものだったから、母は週に一度くらいは鶏肉のバター焼きなるものを私に食べさせた。親子どんぶりを作る習慣はあったが、母は他に鶏肉の料理法というものは、バター焼きしか思いつかなかったようである。

しかし、鶏肉のバター焼きは、卵と同じ程度に私の体力の保全には役に立った。

この時の痕跡はずっと後まで残っていて、私は今でも時々、肺に小さなおかしな点が残っていると言われることがある。もっとも、それは危険な兆候ではなく古傷であろうということは誰でもわかる程度らしいし、場合によっては写らないこともある。

ただ、レントゲンに写る小さな肺の変化というものは、私の戦中、戦後の一つの現実的な記憶なのであって、そこで優秀な一人の青年が命を絶たれたことも実感として残っている。

体のSOSに敏感になる

昭和二十年代の末、物が出回るようになると、私たち一家の頭の中から「栄養を摂らねばならない」という焦りもなくなり、社会的には食べたいものはお金があれば買ってどんどん食べればいいというブレーキのかからない心理状態が続いた。

私は結婚し、初めて違う食生活を持った人と同居したのだが、彼は日本の漁村型文化で育った母とは全く違った食事の習慣を持っていた。つまり、内臓料理がけっこう好きだったのである。

もっとも、夫に言わせると、臓物の料理は彼の母（彼女もやはり新潟県の田舎《いなか》の出であった）の持ち込んだものではなく、彼のたった一人の姉が早稲田の学生だったので、その仲間たちから仕入れてきた料理の分野だという話だった。当時、肉は手に入らなくても臓物は買えるという可能性があったのである。

夫も私もその頃、好きなだけものを食べた。牛肉はひと切れ二百グラムか、あるいはもっと食べたのかもしれない。話は飛んでしまうが、私たちは中年、三十代の後半から四十代頃、葉山に小さな家を買って、夏はそこで暮らす習慣だった。

バーベキューなどという言葉はまだ聞いたこともなかったが、肉を焼くという料理はもっとも簡単だったので、私は毎日のようにおかずとして肉を焼いた。

生のサラダを食べるという習慣は、実はまだなかったような気がする。肉の付け合わせとしては、じゃがいもや人参《にんじん》があるのだが、それも付けたり付けなかったりだった。つまり、肉がおかずでご飯がたっぷり食べられれば、それで人間の生活は豊かだと思い込んでいたのである。

当時、私に栄養学の知識がなかったのかと聞かれれば、完全になかったわけでもないと思う。しかし、肉を食べれば野菜がいるとか、野菜から主にビタミンを摂るのだとかというバランス感覚はなかった。

ある年の夏、海水パンツで泳ぎに行くたびに、夫は背中を気にするようになった。吹き出物というべきか、ニキビの塊のようなものができて、それがなかなか治らないのである。

初め、私は「背中をちゃんと洗わないからよ」などと言って気にも留めなかったが、やがてその化膿《かのう》は口のないしこりの塊のようになってきた。どうやって膿《うみ》を出したらいいのかわからない。自然に膿の出ることもあったが、すぐに傷口が治癒してしまって、中にたまった膿が出てこないこともあった。

その時、意外と有効だったのが、ドクダミを貼ることだったと記憶している。ドクダミは庭の隅にも生えている雑草だが、それを洗って濡らした和紙で包み、火の上で焼くと、外側の紙が燃え尽きる前に、中のドクダミが半分とろけたような状態になる。それを患部に貼り付けると、患部の皮膚の一部に口ができて、そこから排膿が始まるのである。

これは皮膚科や外科の医師にかかるよりも有効ではあったが、夫は背中の傷を恥ずかしがって、というより、そのおできを気味悪がって、周囲の人が不安を覚えるといけないという理由で、プールには一切行かなくなった。広い海ならばまだ目立たないだろうし、万が一の場合でも人にうつすことはないだろうと考えていたのである。

そのおできができる理由もわからぬままに、そのうちに夫は、僕はどうしても、夏になって三浦半島に来ると体が悪くなるような気がする、と言い出した。それは人間が動物に戻った瞬間で、私はその後も長く、こういう言葉を気にかけるようになった。

本来、動物は体に不足しているものを自然の中で発見して口にするはずである。兎《うさぎ》や猫を飼っていて、彼らを庭に放すと、自分の体の中に持っている虫や病気や血液の異常などを察知して、それに合った草を噛むような性癖があるということを言う人がいるが、夫はまさに兎や猫並みに自分の体に不足しているものを感じたのであろう。

治らない病いを抱えることで人は謙虚になれる

私はそこで初めて、肉を料理する時に野菜をたくさん添えることを忘れていたと感じた。それは簡単なことであった。その辺の店で買えるものを買ってくればいいのである。

漢方では、その季節が人間に提供してくれるものを食べることが理に適《かな》っているという。つまり、暑い時にはすいかやきゅうりや茄子《なす》などが、体を冷やす役をしてくれる。そのような自然の理に適ったものを食べろというのである。

その時、私は茄子の煮付けや、トマトをただ切っただけのものや、かぼちゃの煮付けや、きゅうりのマヨネーズ和えなどを作っただけだろうと思うが、それでも夏の終わりまでに夫の背中の化膿はほとんど治まった。

これは今考えても不思議なことだったが、われわれは謙虚になりさえすれば、兎や猫並みになれるということでもあるし、その時に体が素朴に希求したものを与えてやるということが、実は食事の基本だということもわかるのである。

それがきっかけになって、私は家庭菜園を作るようになった。一つには、野菜を買いに出るのが面倒だったのである。都会と違って、人参やどじょういんげんを手に入れたいと思えば、少なくとも農協の売店ぐらいまでは行かなければならない。私は小説以外のことにはことごとく労を惜しむ性格だったので、野菜を食べるならなんとかして目の前の土地で作って、最低限のものを賄うようにしたいと考えたのであった。

肥料のバランスなどは考えなかったので、秋に蒔《ま》いた菜っ葉はちょろちょろにしか生えなかったし、人参を作ろうと思えば、発芽まで充分な水を保たねばならないということも当時は知らなかったので、育たないのは種が悪いのだ、と思うことにした。

当時、私は毎夜、脳みそがもうおからのように疲れて、ものの役に立たない時間に寝床に就くと、眠るまでの間に漢方の本を読み続ける癖があった。そのおかげで、少しその道に詳しくなったように、今度は寝る前に家庭菜園の本を読み出した。

もっとも、私は移り気で菜園よりも花を作りたいという方に心を惹《ひ》かれがちであったが、世の中には「食べられないものには興味がない」という男たちがけっこういるもので、夫もその一人に近かったので、私の花道楽はこそこそとやって、ついにばれるという形をとるほかはなかった。

しかし、こうしたちょっとした体の不調のおかげで、私は庭先で野菜を作るという道に目を開き、それが結果的には無農薬や有機栽培に繋《つな》がることにもなったのである。

第三話　薬といかに付き合うか

すべての人に非人道的な部分はある

アメリカの大統領選で、トランプ氏が大方の予想を裏切って大勝した後、京都大学名誉教授の佐伯啓思《さえきけいし》氏は、二〇一六年十一月二十四日付の「週刊新潮」で次のように明確な解説をしてくださっている。

「少なくない米国国民は、本心では『移民の流入はこれ以上は無理』『「異教徒」を受け入れるのもしんどい』と感じていながら、平等な民主主義、文化的多様性、人権主義を掲げている米国でそれを言えない。言ってみれば『偽善』に覆われたキレイゴトによって、米国内には閉塞感が漂っていました。そこに、本音を言うことを厭《いと》わないトランプが現れた。そして、彼はこう言い放ったのです。

『そんなもの（P　C《ポリティカル・コレクトネス》）は全てエリートが作り上げたまやかしに過ぎない』

　この物言いに、ある種の人は共鳴した。それは『自分の中の一部にトランプを抱えた人たち』です。人間の中に潜む野蛮性に彼は火をつけたのです」

　アメリカのほとんど全マスコミと、知識人の実に多くが、まるで自分の善人性を見せびらかすかのように、クリントン氏勝利を大声で支持していた選挙戦後に、「私はトランプ勝利を予測していました」と言うことほど浅ましいことはないのをよく知っているのだが、先日、青志社という出版社から、私の近著『私の危険な本音』という本が届けられた。

　その中に、書いた当人の私も忘れていた、次のような文章があるのだという。

「もしトランプ氏が勝ったら、それは、常日頃おきれいごとしか言わず、その結果、誰の心にも溜まっているはずの、『おきれいごと』の反対の『お汚なごと』を、マスコミに代わってトランプ氏が叫んだことに喝采を送った正直な民衆の力の結果だろう。つまりトランプ氏を当選させたとすれば、それは負の形を取ったマスコミの功績でもあったということになる」

私がこの文章を書いたのは、本のまえがきによると、二〇一六年六月だったというのだから、大統領選の約五カ月前である。

私は平凡な真実を書いたに過ぎない。社会には人道的に立派な人と、差別の好きな悪人がいるのではなく、すべての人の心の中に、わずかずつだが、非人道的な利己主義の部分が常に潜在している。しかし同時に、どんな悪い人の思いの中にも、弱っている人を見たら助けなければならない、という義務の本能も内在している。私はそれを書きたかっただけだ。

そうした事実を教師や親が教えないと、現実の世界のマスコミのように理想論だけを述べるのが人間の条件のようになり、悪の部分を全く認められなくなる。

「健康なだけの肉体なんて始末が悪い」

その結果、現実の人間性を見失い、自分の心もわからなくなる。そういう嘘《うそ》で塗り固められた社会は、人間の精神の健康にあまりよくないのである。

「健康なだけの肉体なんて始末が悪い」

私は、人間の健康もそのように考えていた。一人の人間の中には多くの場合、健やかな部分と、病んでいる部分とがある。病んでいる要素が全くない方がいいようにみえるが、病気をしたことがない、という人は、逆に円満な人ではないのかもしれない。

昔、大学生だった頃、私は大学でソーヴール・アントワヌ・カンドウというフランス人の哲学者の神父の講義を取っていた。非常におもしろい生き生きとした知識と発見に満ちた授業であった。私はそれでもなお授業中によく居眠りをしていたが、或《あ》る日、ふと目を覚ますと、カンドウ神父はそれこそ、私の精神の緩みを叩き起こすようなことを言っておられたのである。

「日本でも、健康な精神は健康な肉体に宿ると信じられているようだけど、それは間違いだね。フランスでは『健康なだけの肉体なんて始末が悪い』と言います。そういう人は、ものを考えない。疑いを持って判断をするということもしないでしょう」

独特の日本語である。私の眠気は、瞬時に雲散霧消《うんさんむしょう》した。一生私の心に残る真実は、こうして教えられたのである。

私は昔から、手足の冷たい娘だった。霜焼けはできなかったが、冬、指にはあかぎれが絶えなかった。湯たんぽがないと夜眠れない。

私は修道院の経営する学校で教育を受けたので、思春期のほんのわずかな期間だが、修道生活に憧れた時もあった。しかし私がそれを実行に移そうともしなかったのは、修道院に入ると、冬の夜足が冷たくて、とても眠れないだろうからやめておこう、という判断をしたからだ。

後年、この話を修道院に入ってシスターになった同級生に話すと、大抵の人が笑う。「修道院だって足の冷たい人には、湯たんぽくらいくださるわよ」ということだ。湯たんぽが理由で、修道女の生活をさっさとあきらめた私は、何とも滑稽だったのだろう。修道女になればなったで、生活と精神のあり方も変わり、私は夜、足を温めるものなどなくても寝られるようになったかもしれないのである。

実にくだらない理由で、私は信仰と人生の重大な決定を誤ったのだが、私は素人《しろうと》風にいうと、自分は血の巡りの悪い体質だということを肝に銘じていた。頭脳の働きも現実の健康も、すべて血流の善し悪しにかかっている、と私は実感していたのだ。

人間の心身は絶えず裏切りを繰り返す

私は四十代の終わり頃から肩凝りにも悩まされたので、自分で漢方の勉強をすることにした。丁度その頃、膝も痛くなった。私は五十三歳から時々アフリカへ行くようになっていたのだが、途上国へ行く時は、生活環境を大きく変化させないために、荷物に簡単な和食の用意をして行くことも多かった。

実は我が家では何となく、外国では一切日本食を食べないことにしていたのである。海外でまで日本料理でないと不満が募るようなやわな精神では、外国の文化をとうてい受け入れられない。当然、仕事もできない。その上、東南アジアの国などでは、日本料理店は非常に値段が高かった。私は少し料理ができたから、こんなお惣菜《そうざい》に、こんな値段を払うのはいやだ、などと考えて、自然に土地の料理を選ぶようになっていたのである。それに人間はその土地で採れる産物で調理したものを食べていれば、栄養的に偏らない、という説をどこかで読んで、その考え方にも賛同していた。

日本料理をそんなに食べたければ、外国に出ず、日本にいればいいのだ。

私は子供にも、この原則を適用した。息子がまだ小学校の低学年だった時、私たちは少し風邪気味の彼を、無理に連れてタイへ出かけた。バンコクの空港に降りるなり、彼はあたりにみなぎっているあのココナツミルク、パクチー、マンゴーなどの強烈な南方の食品の匂いに打ちのめされ、全く食事が食べられなくなってしまったらしい。

その晩、私たちは珍しくバンコクの日本料理屋で食事をした。すると息子は少し涙を浮かべながら、「僕は今日体が悪いから、ここのご飯が食べられないの。治ればすぐ、タイのご飯も食べられると思う」と言い訳した。

子供だから、それほど思い詰めたのであろう。今思うとかわいそうなことをしたとも思う。外国ではその国の食事を食べることを一応のルールにしてはいたが、それは人間の健康を害してまで守るほどの強制的なものではない。しかし彼はまだ幼過ぎたので、そのような穏やかな解釈ができなかったのであろう。我が家の外国に対する訓練はこんなふうに、かなり厳しい面もあった。

私自身も当然、外国では原則として食事は現地食という我が家の規則を守ってはいたが、同行者がいるグループ旅行の時などには、和食らしきものを食べて、人間的に心身を休ませることも必要ということはよく知っていた。

人間的、ということは、規則に縛られない自由を確保することなのである。人間は紙に書かれた通りに反応するものではなく、絶えず変則的に裏切りを繰り返す。それが機械とは違う人間性というべきものの魅力なのでもあった。

外国で、時々ご飯を炊き、缶詰を開けて食べるような旅をする時、私たちは数日に一度、携行している食料の残量を点検した。カバンの中身を整理して、ワサビや海苔《のり》や梅干しなどの「小物」がすぐに出せるようにしなければ、持って来た甲斐《かい》がない。

私たちは夜、ホテルの部屋の床にカバンを広げ、そこで残量のチェックと整理をした。うまく取り合わせて、旅の最終日までに食べ切るということも、一種の旅のテクニックなのである。そういう整理の姿勢を取る時に、私は膝に痛みを覚えるようになった。これは実に不便なことであった。

生きる意欲がなければ、治るものも治らない

私は日本に帰るとすぐ、整形外科の診察を受けた。ちょうど五十歳の時である。

医師はレントゲンを見ると、膝に少し変形があると言い、「しかしお年ですからね

え」と言った。つまり治らない、ということである。母も同じような悩みを訴えていたのを知っていた私は、別にショックを受けなかった。

世の中の多くの事柄は、自分で解決する他はないのである。病院や医師から見放されて怒る人もいるが、最後には自分なりの治し方が残っていないでもない。私は全身の血行をよくする漢方薬を飲み始めた。

漢方薬の正道《せいどう》は、枯れ草のような生薬《しょうやく》を調合してもらい、それを自宅で土鍋で煮出し、煮詰めるのである。しかし私は匂いというものにこだわりがあり、漢方薬を長年家の中で作り続けていると、家全体にその臭気が残るのを知っていた。私はそれも嫌だったし、私の飲もうとしていた桂枝茯苓丸《けいしぶくりょうがん》という薬は平凡な駆瘀血剤《くおけつざい》、つまり血の滞りを取る、おだやかな薬だということを知っていたので、手のかからない売薬で飲み続けることにした。

漢方薬の特徴の一つは、短期間に結果を期待しないことである。私の体験では、最低五週間は飲み続けなければ効いて来ない。この辛抱ができない人は、漢方薬に向いていない。

その点、私は気長だった。約一カ月半ほど経《た》った時、ふと気がついてみると、私はしゃがむことが自由にできるようになっていた。

これで、またアフリカにも行ける！

簡単に結論を述べたけれど、気長に体質から変える、という姿勢が漢方薬の真髄であろう。私は近代の西洋医学のおかげで、幼時から何度も病気を治してもらったし、両足首を折った時も、手術で元通り歩ける足にしてもらえた。だから決して西洋医学の薬を毛嫌いしているのではない。しかし特定の病気にかかり易い体質というものは、また別だ。それを是正するのが、漢方薬の役目なのである。

医師は多分、どんなに性格の悪い患者でも、治せば喜びを感じてくれるだろうと思う。しかし病気を治すという一種の「事業」は、医療関係者と患者の連携した仕事である。栄養をよくすることとか、体の清潔とか、何より、その患者に生きる意欲がなければ、治るものも治らない。

そうした後方支援を穏やかに果たす一つの鍵が漢方薬だと私は信じていたのである。漢方薬も処方してもらうには、免許を持った専門家の手にかかるのが当然である。

しかし漢方薬は所詮、草木が主だから、毒性のものさえ知っていれば、それほど被害は出ない。ましてや売薬として売られているものは、一応そうした危険性が弱いことを確かめられたものばかりだ。さらに桂枝茯苓丸という薬は、その中に毒性のあるものが全く含まれていない薬だということになっていたから、私は気を許して、自分にだけは使ったのである。

しかし私も、過去に何度か、漢方薬の大家の所には行ったのである。そしてその中の一人から、今でも心に残る言葉を一つ教えられた。

「その薬が合っているかどうかは、飲み始めた翌日、朝起きた時、『そうだ、今日もまたあれを飲もう』と思うものならいいんです」

体はいつも、その人に語りかけている。薬の量もまた微妙だ。一日六錠と定められていても、お腹の具合が悪ければ、自分なら五錠に減らすなどという、繊細な調節も可能になる。

第四話 食べないことで得られる健康もある

常日頃の過労が一番体に悪い

高齢者になると、行動や思考の中庸を欠くものだが、夫と私を見ていると、二人は反対の方向に傾いているようである。

夫は薬が大好きだ。本当は食後に飲むべきものなのだろうが、食前に真っ先に飲む。昔はそれをいちいち注意していたが、今の私はそれをやらない。子供でも大人でも老人でも、自分の運命はある程度自分で管理するほかはない、と考えているからである。

私は、薬は原則、毒だと考えている。化学薬品は本来体に入れない方がいい、と感じているからである。昔はインフルエンザにかかると、必ず医療機関に行って、すぐ抗生物質をもらい、それで治る、と信じていた。

ところが、インフルエンザ・ウイルスに抗生物質は効かない、と知ってからは、卵酒こそ飲まないが、ひたすら温かくして寝ている。常日頃の過労が一番体に悪いのだと知っているから、怠けることこそ薬だと思えるのである。

私は若い時から、体をけっこう酷使して生きて来た。若い作家は世の中に出て間もなくの頃、多作を強いられる時期がある。それに耐えられないと、作家として、自由に創作のテンポを選べるようにならない。

その頃は、今ほど書く速度が上がらないから、旅行に出発する前夜は、それこそ寝ずに書いた。子供も小さく、夫の父母も軒の隣接した家に住んでいたから、私は世間が考えるように机の前にどっかりと座り込んで、時々人に熱いお茶を運ばせながら原稿を書くなどという生活をしたことがなかった。

旅行に出ると、よく寝台車の中で熱を出した。前夜ほとんど眠らずに原稿を書き上げて家を出て、疲れていたからである。

今と違ってファックスやメールなどというものもない時代で、し残した原稿を旅先で書き上げた。原稿は「客車便」だか「列車便」だかというような名前の特定の車両に積んでもらう制度があった。たとえば私が大阪駅で、この「客車便」に原稿を預けると、東京の新聞社なり出版社なりが、東京駅ではなく「汐留駅」まで、それを取りに行くのである。

世の中には、一瞬たりといえども、体に悪いことはしない人もいる。しかし私は、自分の過去を振り返ってみると、無理、無茶、不潔、不養生に耐えて来た、という実績の上に、今日の自分の健康も幸福もあるような気がしてならない。

学習とは、すべての状況に意味を見つけること

私が十歳の時に、大東亜戦争が始まった。初めの頃はまだ、食料の不足もなかったが、終戦を迎えた昭和二十年頃の日本の貧困は、現在の日本人の生活のどことも比べものにならない。米もパンも麺類も、たやすくは手に入らなかった。油と砂糖は貴重品であった。甘いお菓子、チョコレート、バナナなどは、いわゆる特権を持つ人以外、全く口にできなかったから、たまに配給の小麦粉と砂糖と油で母が作ってくれるカリントウやド

ーナツは、貴重な天国の味だった。

燃料がなくなってきた時は、家でお風呂に入る回数も制限された。つまり、私たちは、それまでの生活と比べると、不潔も余儀なくされたのである。それでも私は生きていた。バイキンだらけになることで病気にもならず、「垢《あか》で死ぬことはない」と知った。

子供の頃の私は、異常なまでに潔癖な母のおかげで、いつも手指をアルコール綿で消毒されてからご飯を食べていたのだが、旅の途中で空襲を受けて、一晩中見知らぬ町を逃げ回り、顔も手も泥だらけになったままで、背中のリュックに入っていた梅干し入りのおにぎりを食べる生活も体験した。

こうした履歴だか経歴だかがなければ、私は中年以後、砂漠に行く決断もできなかったろうし、アフリカの奥地へ入るような人生を歩もうともしなかっただろう。学習とは体験そのものなのである。そして多分学習とは、すべての状況に、それなりの意味を見つける方法を知ることなのである。

国中に水道がゆきわたり、市町村の道は大体舗装されている日本と違って、アフリカの町や村では、家の前の道は泥のまま。自動車が走ったり、山羊《やぎ》の群れが駆け抜ける度に、土埃《つちぼこり》が舞い上がる。そこを通ったり、そうした道に面した食堂で食事をしている私たちは、当然その埃を浴びることになる。

そういう環境の中で、私はけっこう小心に、自分なりに自分の身を守る習慣がついたようには感じていた。私はいつの間にか、アフリカへ行く一、二カ月前から、自分を不潔に馴《な》らすような生活を始める癖がついた。お金をいじった手で食事をする。ハエがたかったものも食べる。医学的に正確に言うことはできないが、私は出発前から少し意図的に、雑菌が体に入る暮らしに自分を置こうとしたのである。

それは医学的に見ても意味があるかもしれない、と言ったドクターもいた。

食事中に水を飲むと胃酸が薄まる

さらに現地に着くと、私は原始的な行動で自分を守らねばならないこともあった。

日本では私は、どちらかと言うと大食いであった。近年でこそ年のせいで少食になったが、中年までは何でもおいしく、人より先に早くたくさん食べる方だったと思う。

しかし途上国へ行くと、私は食べる量を八割くらいで抑える習慣ができた。菌がお腹に入ることを防ぐことはできなくても、量が少なければ発病を防げるかもしれない。
夫は戦争の最後の頃、学徒動員されて二カ月ほど二等兵の生活をした。今の若い人たちは、「どうして三等兵じゃなかったんですか」と聞くが、二等兵が最下位の兵隊の位だったようである。

そして学徒兵はすぐ見習士官に任官するのだが、その間もなく終戦になったから、夫は二等兵のままだった。しかしそのおかげで貴重な体験も知識も得た、と言っている。その一つが、必ずしも清潔という保証のない環境の中での水の飲み方だった。

「食前、食中、食後に水飲むな」

というのが、その教えだった。

「じゃ、いつ飲んだらいいのよ」

と私も初めはその意味がわからなかった。

「食間に飲めばいいのさ」

私たちの日常生活では、まずかけつけビールを一杯という人もいるだろう。近年では、どの国でもビールは一応かなり厳重な衛生設備のもとで作られている。しかし、罎《びん》や缶の外側、或いは出されるコップは信頼できない。ストローは、外も内側も埃だらけ、時には虫の巣だ。

素人が教えられた知識では、胃酸というものは非常に強い殺菌効果のあるもので、酸に弱いコレラ菌などを殺すようになっている。私たちが外国では、梅干しを食べ、梅肉エキスを飲んだらいいと言われるのは、この胃酸をさらに助長するものを口にすることだ、という意味だろう。

しかし食事中に水を飲むことは、胃酸の効果を薄めてしまうことになる。途上国では私のようにたくさん食べず、食事を終えて数分経ってからお茶を飲むようにする習慣ができていなければならないはずだが、それでも私自身、あまりの暑さや喉の渇きに耐えかねて、まずオレンジジ・ジュースを一杯飲みたいという思いに駆られたことは始終だった。その欲求を抑えることが大切なのである。

人間には運というものがある

私は外国であまり病気をしたことがない。それは旅行中に体調をくずすと、第一に自分自身が辛く、第二に同行者に大きな迷惑をかけるからであった。それには必要以上に食べも飲みもしないことが大切だったのである。

食事は単に、肉体的に自分を養うということだけではなかった。食事は私に、個人的な道楽や、社会の公衆衛生という形で、私たちの生活に関わる部分の意味さえも考えさせた。

私は一度、三十人近くの団体で、エジプトへ行ったことがある。カイロでは、世界的に名の通った一流の有名ホテルに泊まったのだが、そのうちの二十人くらいが早くも下痢の症状を見せた。いつもの通り、私は大丈夫であった。

グループの中に、アメリカで生まれ、アメリカの国籍を持つ、つまり日系二世の女性がいた。彼女は私と夕暮れのピラミッドを見ながら、不思議そうに質問した。

「どうして日本の方は、病気になる前に、予防的な薬を飲まないんですか?」

「どういう意味ですか?」

と私は尋ねた。

「アメリカでは、不衛生な土地に入る前日から始めて、その土地を出て二十四時間後まで飲み続ける予防薬があるんですよ。それを飲んでいれば、まず下痢なんかしないんですけどね。アメリカ人はみな飲みますよ。もちろん軍隊なんか全員が飲んでいるでしょう」

「日本人には多分それはできないでしょうね」

と私は言った。

「予防的に薬を飲むのは、マラリアとかはっきりした病気を目的にした場合だけです。私は外国で買って飲んでいますけど、マラリア予防薬も下痢を防ぐ薬も、日本国内では手に入りません。それに日本人は、相手国を不衛生な国と決めつけることは失礼なことだ、と考えているんです」

「まあ！」

と彼女は呆れたような語調で言った。自分一人で身を守るのも、国の衛生局のような組織がそれを守るのも、人間が共に生きるためには当然と考えている姿勢がそこにはうかがえた。

私は個人で身を守るたくらみにかけては、かなりの悪知恵を持つようになっていた。

私はアフリカの田舎町のレストランで食事をすることも始終あった。町では一番のレストランだが、ハエはいるし、テーブルの上は埃だらけだった。

店主は料理ができるまでの間、私たち客の空腹をなだめようと、近くのテーブルにあったアラブ風の薄焼きパンを積んだ籠などを持って来る。それらのパンは、家畜のウンコが乾いて埃になったものもかかっていただろう。ハエのソファ代わりにもなっていた代物である。

私はそういう場合、普通、日本では持っているはずの思いやりや謙虚の美徳をかなぐり捨てて、利己主義になっていた。私は決して一番上に載っているパンを取らなかった。積んであるパンの下の方から引き抜いて食べるのである。そうすれば、ハエがたかっている率も、家畜の糞《ふん》が粉砕されたゴミに触れている率も、少しは低くなるのである。

自己弁護的に言うと、日本では私は決してそんな見え透いた行動は取らなかった。

日本では私は出された食料では古びているもの、形のくずれたもの、端っこの部分を取ることが普通だった。その家の主婦というものは、大体そういう行動をするように馴らされているのである。

しかしアフリカでは、誰もがこのパンの引き抜きをやる。一番上の、濃厚な埃と菌をかぶったパンは誰が食べるかと言うと、生まれてこの方、手を洗ったことなど数えるほどしかない、という感じの暮らしをして来た土地の男か、猜疑《さいぎ》心の薄い善良で不運な日本人の旅行者などが食べるのである。

しかしそれでもなお、人間には運というものがある。だから雑菌を満載したパンを食べても、丈夫な人はお腹を壊さないのである。

つまりそういう形で、私は自分が道徳的な人間であるという錯覚さえ失っていったわけだが、それは私にとって必要な教育であったような気もする。人間は誰でも、素顔の自分と対面しなければならない義務を負っているからである。

時に少なく食べるという知恵を持つ

途上国で病気になった場合、それが或る国の首都で起きたことなら、旅行者でも医師にかかることは可能な場合が多い。しかし五十年前のインドのアグラは——タージ・マハルの遺跡を残したムガール王朝の都であったはずだが——観光名所であったにもかかわらず、医学的には遅れた土地であった。

私はそこで埃のために両眼の角膜をひどく傷つけ、その夜は痛みのために服を脱ぐこともできなかったのだが、誰かが私を眼科医や外科医に連れて行ってくれる、ということなど考えなかったし、抗生物質の入った点眼剤を持っている人もいなかった。

その夜私が恐れたのは、もしかするとこのまま失明するのではないか、ということだけだったが、翌朝になると、私は数秒間、薄目を開けることができるようになり、次回の旅行からは抗生物質入りの点眼薬は必携だと思えるまでに冷静になれた。

知識は失敗しないうちに学ぶことも可能な場合があるが、病気の原因を覚えるという作業は、百パーセント体験から学ばねばならなかった。

途上国で下痢をした場合の原則は、しかし単純なものであった。即刻、水分を摂りつつ、断食に入るのである。水は体から出た分だけ飲んでいれば、人間は脱水で死ぬことはない。その場合、ただの清潔な無菌の水だけでなく、必ず塩分も加える。日本人はスポーツ・ドリンクとして知っているものを飲めばいいのである。

そして二十四時間は、決して下痢止めを飲んではならない。体内の菌を始めとして、悪いものを、できるだけ排除することが必要なのである。そして丸一日くらいでお腹を空にしてから、下痢止めが必要なら飲む。その土地で皆が飲んでいる薬は、多くの場合、よく効く。必ずしも、日本の製薬会社の作った薬でなくていいのである。

考えてみれば、単純なことであった。体にとって毒性と考えられるものは一刻も早く排除し、その間に被害を受けた臓器を休ませる。そのためには、少なく食べることが要諦のようであった。

私の母も、私自身も、他人に向かって、

「たくさん食べて体力をおつけなさい」

と気楽に言う。しかし現実には食べないことによって得られる健康も、また実に多いのであった。

第五話　人間としての最低の条件

「持って生まれた体質」からは逃れられない

世の中には鬱《うつ》の人が多い。

昔の人は神経衰弱などと言い、或る人はそれを、当人の我がまま病だと思い、体が弱ると心も弱るのだと考えている人もいた。人間がなぜ鬱になるのか、今でも完全に医学的には理由づけられていないのではないかと思う。

「持って生まれた体質」という表現は極めていい加減なもので、それに左右されてはいけないと思うが、完全にその制約から逃れることはできない、と私も思う。あくまで素人の考えだが、血圧の高い人は元気で、世間のことも前向きに考えられる。いつも向上心に満ちているのである。

それに対して血圧の低い体質は、いつもだらだらしている。朝早く起きられない。その代わり夜になると少し元気になる。

私は一人っ子として育ったが、もともと仲の悪かった私の父母は六十歳を過ぎてから離婚し、父はかなり年下の女性と結婚して、娘を一人儲けた。私の母違いの妹で、私の息子よりはるかに年下である。

私の母は父と早くから離婚したがっていたので、父の後妻さんの存在が離婚の原因ではない。そういう人の存在があれば、母は大喜びでもっと早く家を出ただろうと思う。

体質は基本的には変えられないものだが、訓練次第で、少しは変えられるものでもある。私は昔、自動車の中で本を読むと、すぐ胸が悪くなった。誰だってそうだよ、と言う人もいれば、乱視のせいだろう？と同情してくれる人もいた。

その後、私は忙しい生活をしたので、くだらないこととわかっていても、ほとんど寸暇を惜しんで働いた。新幹線の中で、新聞小説三日分（原稿用紙九枚から十枚分）書くのは当然としても、指圧を受けながら、足の部分をやってもらっている時に、ゲラと呼ばれる校正刷りに目を通すこともあった。その他に私は少しは家事もしたし、家の中の整理も好きだった。

これほどの時間貧乏の暮らしは、あまりいいものではないが、私に一種の極限の生活が自分にはできるのだ、という自信をつけた。

その要訣《ようけつ》は、「できない、と決めないこと」であった。できないかもしれないが、できるかもしれない、のである。自分の性格や体質はなかなか変えられないが、少しは変えるように無理をすることもいいのだ。

襲って来る外界に対し、人間も闘わねばならない

先頃、電通に勤めている若い女性が、過労を苦に自殺した。細かい経緯はわからないのだから、他人には何とも言えない問題だし、娘を失った親御さんの心を思うと、他人が何を言うことも憚《はばか》られる。

しかし今後も続く他の若い人たちの貴重な生涯を思うと、「かわいそうだった。そんな厳しい働き方をさせた電通が悪い」と言ってもいられない。

この場合、新入社員に牙をむいて襲って来たのは、電通のように見える。しかし相手

は誰であれ、あらゆる人間は、襲って来る外界に対して闘わねばならない。

私はアフリカなどの野生生物の世界を描いたテレビをよく見るのだが、ライオンに襲われた動物などは、もうほとんど勝ち目がなくても、最後の最後まで闘う。

人間は動物と違って、いきなり命を奪われることはない。そこに至るまでの間に、さまざまな段階で、逃げる方法がある。

今電通の例が出たので、そのまま使わせてもらうのだが、実は私は電通という会社に関してあまり詳しくは知らない。多分そういう人がほとんどだろうから、そういう有名会社に入りたいと思ったら、まず入社前にその評判を、徹底して調べるべきだろう。

私は家族にも友達にも、一人として電通で働いている人がいないので、却《かえ》って気楽に言えるのだが、電通は勤務時間が長いことで、以前から世間では有名な会社であった。噂《うわさ》では（ということは多分真実でないのだろうが）朝八時前の出勤後すぐに打ち合わせ会議があり、九時になるのを待ちかねて、一斉に自分と関わりのある取引先に電話をかける。帰りは、家に辿《たど》り着くのが翌日という人も多い。

私は怠け者も一面で好きだから、九時早々に電話をかけてくるような会社は、「何だか気ぜわしくて、付き合いたくないなあ」と思いそうでもある。しかし世間には、この会社は熱心だ、自分のところの広告を取りたがってくれている、ということで、自負心を満足させる人がいるのかもしれない。

私は以前、勤めていた日本財団で、大手の広告会社の人たちと、接触する機会があった。年間の広告費の予算は、私のような素人には考えられないような額だった。千万単位ではなく、億単位である。

財団の予算そのものが数百億なのだから、世間は当然と思うのかもしれないが、製品の売り上げを目的としているのでもない福祉的な目的を持つ財団が、どうして広報にそんなに厖大《ぼうだい》な費用を出す理由があるのかわからないから、私はまず広報費から予算を削ることにした覚えがある。

その中で、電通は業界一の会社、という世評と自負があったのであろう。それに溺れずに厳しい社風を作っていたところは立派だが、何でも一番を維持しようという無理は、しばしば人間性を失わせる。

会社は結婚相手と違って容易に関係を解消できる

私は今でも電通の社員が、広告の原案を持って財団にやって来た時の光景をよく覚えている。大きな原画を数枚持って来るのは他社も同じだが、電通はことに人数が多かった。細部の記憶は薄れかけているのだが、約十人かそれ以上の人たちが、大名行列のように現れるのである。

そういう大仰な舞台装置に馴れていない私は、或る時、ついに電通側に言ってしまった。

「デザイン画（広告原案）をお持ちくださるのは重いでしょうから、若い方をお連れになるのはわかりますけれど、『大名行列』はやはり無駄です。今後はもう少し、少人数でおいでくださいませんか」

大人数だと、それだけ人件費がかかる。移動のための自動車の数も多くなる。電通ほどの会社になれば、最低十人近くの人がやって来て、この広告が作られた意図を説明するのは当然なのだろう。

つまり電通は、業界一、という評判とか実績とか、そのことのプレゼンテーションにこだわる会社なのだ。そういう会社に入ろうとする新入社員は、それを知らなければならないはずだ。

だからいい会社なのだ。そういう会社に入りたい、と思う人もいるだろう。しかし現世で、なんでも派手に、一番いいという地位を確保する会社は、どうも自分の肌に合わないと思えば、そういう会社を受験することは避けられたはずである。

一生付き合う会社を選ぶ場合は、人や世間の評判任せにしないで、自分で調べることだ。

人生は複雑だ。自分で自由になる時間がどれだけ欲しいか、与えられた時間をどう使うか、は人による。だから会社も慎重に選ばねばならないのだ。

ただ会社は結婚相手と違う。結婚は、その関係をなかなか解消できないが、就職は、その入り口のところで簡単に立ち止まってUターンもできるし、中止もできるし、途中でも経済的損失を覚悟すれば、ほとんど大した問題なく辞められる。自殺するほどの重圧を我慢しても辞めないのは、やはりその会社の名前の華やかさの下に自分を置きたかったからであろう。

自分を守るのは自分以外にいない

仮に或る人が、或る会社の出している高給に惹かれて、「金のために」働いているとしたら、その人は自分から会社を辞めるようなことは決してしないだろう。ましてや、その人の家庭に高額の治療費が要る病人でもいたら、どんなひどい労働条件でも、会社を辞めようとは思わないだろう。それは決していいことではないし、日本全体が貧しかった時代には、そのような社会環境が「女工哀史」などと呼ばれる厳しい労働条件を作ったのだ。

しかし現代では、人は誰でも覚悟さえあれば、自分で条件を選ぶことができる。最上の条件を選ぶことは、多分誰にもできない。しかし、よりましな暮らし方をすることはできる。

その司令室を司《つかさど》るのは、個人の体であり、心である。その部分は誰の指令も受けなくて済む。文科省の管轄《かんかつ》でもなく、厚労省の規制の範疇《はんちゅう》にもない。当人が大人なら、親が指図する分野でもない。

最近の日本人は、二十歳を過ぎても、自分を確立していない人が多い。自分をどうやって守るかは、ほんとうは個人の責任だ。

私の日常生活は書斎派だが、フィールドに出ると、自分の安全を確保し、命を守るのは、自分より他にないことがわかる。しかし今の日本人の多くは、国家が自分の生命、安全、健康、財産の保全などをしてくれる、と考える。

また周囲にも、「弱者に優しいのが当然」なのだから、すべて守ってくれるだろう、それで当然、というような人もいる。

しかし、私は思う。

国家など信用しない方がいい。役人も教師も、一人一人の個人に目を行きわたらせるほどの閑《ひま》はない。どんなに弱くても、病気でも、できる限りにおいて、自分の身は自分で守り、自分の問題は自分で解決するという程度の気概を持つことは、最低の条件なのである。

第六話 体を経営するということ

人間の予想通りにいくことはない

夫の三浦朱門は二〇一七年二月三日の夜明けに亡くなった。

私はそれ以前の一年一カ月、夫の看護を優先し、最後の八日間は病院で看取った。

一年一カ月の間、私は自分の心の健康を保つために必要と思われる程度に遊んだが、外へ出る仕事をほとんど断ってしまった。実は自分の性格が、こんなに外へ出るのが嫌いとは思っていなかった面もある。

元々、私は「何々一筋」という姿勢が好きではなかった。「いい加減」「不純」が好きなのである。何とかやっている、という感じがいいのだ。だから私は、夫のために献身的な看護人になったという見かけや自覚をむしろ警戒していた。それは私らしくないし、看護される相手に、心理的重圧を掛けることにもなりかねない。

一年一カ月の間に、私は息子の奥さんに代わってもらって、二週間の休暇を取った。その間、南フランスへ行ったのである。とは言っても体が疲れていないわけではないので、友人の家に転がり込んでいて、近距離のドライヴに行っただけで、後は外出するにしても近所の町をうろついていた。最近の私は足に欠陥があるから、歩かないでいると、また後が怖いのである。

私は長丁場になっても、夫に家で療養してほしかった。夫が自宅が好きで、自分はここで死にたい、とかねがね言っていたからでもある。

だが、最後の一週間は、血中の酸素濃度が低くなり、病院へ運ばれることになった。何もかも人間の予測通りにはならないのである。

しかし善意の人々の目に囲まれて、その視線の中で運命の変化を迎えるのもまた、悪いことではなかった。夫は八日間、病院で、延命ではないが楽に過ごせるような医療を受け、予後の悪い肺炎だったが、ほとんど苦しまずに亡くなった。

息子が「親父さんの最期を見ていると、あの通りに死ねと言われても、さして悪くはないなあ」と言った程度の、幸せな死である。

私の家は、決して理想的な家族ではなかった。何しろ「家内」の私がよく外に出ているか、家にいても書いてばかりいる。我が家の歴史に残っている、もっとも滑稽な台詞《せりふ》がある。

或る日、迎えに来てくれた編集者と一緒に私が出かけた後で、夫が私あての電話を取った。

「うちの奥さん、さっき誰か男の人と、出て行っちゃいましたが……」

と夫が言ったので、それを端で聞いていた秘書は笑いが止まらなかった。「確かにその通りなんですけど、ちょっと変な日本語でしょう?」というわけだ。

私たちは自分の家庭を、外の人たちの標準や理想に合わせるということをしなかったので、おかしいはおかしいなりに問題ではなかったのである。

怠けることにも意味がある

「疲れてやらないことになるから、大切なことからやりなさい」

結婚して間もなく、私は夫に、その日のうちに完全に夕飯の後片づけをしなくてもいい、その代わり本を読みなさい、と言われた。大切なものを優先しないで、後回しにしていると、人間はその結果、「疲れてやらないことになるから、大切なことからやりなさい」というわけだ。

幸いなことに茶碗やお皿は、翌朝まで水につけておいても融けることはないから、朝元気なうちに、一気に片づければいい、ということなのだろう。

しかし、それほど本に使う時間は大切だ、と言われたわりに、私は本の虫にはならなかった。

平凡なサラリーマンの家庭に生まれた私は、作家の生き方を全く知らなかった。ふしだらで非常識な人たちの多い世界なのではないか、という推測をしていた程度である。それは一面で当たってはいたが、作家全員がそうではなかった。

私が原稿料をもらって書くようになって間もなく、夫は或る日、私に、家族や自分の病気を理由に、原稿を書けない、とか、締め切りに遅れる、とかいう言い訳をしないように、と言った。

原稿のことばかり気にしていて、家族が風邪をひいて熱を出しても、看病もしない生活の方が悪いように私は思っていたが、夫に言わせると、プロの道を選んだということは、仕事を優先する覚悟を持つことなのであった。子供が熱を出したら、締め切りを遅らせるのが当然と思うようだったら、プロにはならなければいいのだ。アマならいつでも「今月は子供が病気なんで、原稿は書けないのよ」と言っていれば済む暮らしを選べる。私はそれをしなかったのだ、というわけだ。

私は、お腹は丈夫な方だったが、風邪だけはよくひいた。中年の頃、夫と二人で、前橋の講演会に行った時も、喉を悪くしていて、体は熱っぽかった。当時は前橋まででも、前日に行って泊まっていたところを見ると、やはりその頃の鉄道は、移動に今よりはるかに時間がかかったのであろう。

前橋に着くと、主催者は私の様子を少し心配していた。明日講演の時間が来ても、私が高熱のために講壇に立てません、と言うのではないか、という心配である。

すると三浦朱門が、私の代わりに言っていた。

「大丈夫ですよ。彼女はプロですから、どんな高熱でも講演はしますよ」

しかし基本的に、夫は私より怠けることが好きだった。というより、人間の怠けたがる部分に、大きな意味を見いだしていた。

総体的には、いつも彼は、私に努力をすることより、休め休めと勧めていた。休みさえすれば、大抵の病気は治る、と思い込んでいる。

後年、私が始終アフリカや東南アジアに出かけるようになってみると、彼のこの怠け癖は、健康維持のために意味のあることなのであった。

過労と寝不足を甘く見ない

五十歳を過ぎて、私はアフリカに行くことが多くなったのだが、マラリアはつきものだった。「予防注射をしたんですか？」と聞かれたが、私はたった一度マダガスカルの北部に行った時に、注射を勧められただけで、他には薬で予防した記憶がない。

しかしマラリアにかからない方法は、土地に住む日本人から早々と教えられていて、私はそちらの方法を取ったのである。それは旅行中、決して過労にならないようにすること、寝不足をしないことであった。

免疫力というものを私はよく知らないのだが、外国旅行などすると、つい遅くまで飲んだり、仲間と喋っていたりする。こんなアフリカの奥地まで来ることなど、生涯に二度とあるとは思えない。だからその貴重な時間の楽しさを、フルに味わおうとするのである。

前夜午前一時、二時に寝るような生活をしていると、翌朝は七時朝食、八時出発です、と言われていても、なかなか朝六時に起きるのは辛い。

外国旅行というものは、一般的に言って高いお金が掛かっている。旅費は当人が払おうと、その人を送り出した組織が払おうと、とにかく安くはないのである。だから昼間は、クリヤーな頭で、その国がどんな国か見ていてほしい、と私はいつも感じていた。

バスの中からでも、電線はどこまで引かれているか、土地の人の家はどんな材質のもので建てられているか、小学校はどれくらいの距離をおいてできているか、その土地の産物は何なのか、無駄にせず、知識の取材を続けてほしい。しかし前夜遊び過ぎた人は、バスの中でもっぱら居眠りしているのである。

そんなことのために、彼を送り出した組織は高い旅費を払ったのではないし、一番困ることは、その人の体が、免疫力を失っていることである。

マラリアは、防ぐことができる、という人にもよく出会った。アフリカに長らく住む人は、或る日、二階へ上がる階段が、何となく億劫《おっくう》になることがあるという。それがマラリアの前兆だという。

しかしその段階で、仕事を休んで充分に休息をとれば、マラリアは発症しない、と言い切った人もいた。

その人は医師ではないから、彼のこういう言い方が正しいと言えるのかどうか私にはわからないけれど、エボラ出血熱のような死亡率が五十パーセントを超える危険な感染症が爆発的に起きた場合でも、同じような感染の危険に遭いながら、病気が出る人と出ない人がいるし、それで死ぬ人とどうにか死ななかった人とが出る不思議については、多くの医療関係者もそれぞれの思いを語っている。その中に、免疫力の違いがあるでしょうねえ、と言った人もいるのである。

世界には「栄養失調」で金髪になる子供もいる

免疫力と同時に問題にされるのは、栄養である。アフリカなどでは、人々がろくな食事を摂れていない例は多い。食料そのものの絶対量が足りていないということもあるし、常にたんぱく質が不足している地域もある。

カロリーが不足すると、子供は、骨の上にじかに皮をかぶった骸骨のような痩せ方をする。昔、アウシュヴィッツ強制収容所の囚人などには、こんな体格になった人もいて、その姿も紹介されていた。

しかし現代でも栄養失調は、アフリカには日常的に出現する。日本でも、痩せたいためにひどいダイエットなどをすると、女性は生理がなくなり、それが或る期間続くと、将来不妊になるような後遺症まで現れる。

ろくろくおかずがなく、トウモロコシの粉で作ったパンだけしか食べていないようなアフリカの子供の中には、たんぱく質不足で浮腫ができていて、却って太って見えるような子もいた。

痩せ過ぎも浮腫も、どちらも「栄養失調」なのだが、医学的には、別の言葉で表されている。カロリー不足で痩せ細るのは「マラスムス」といい、たんぱく質不足による浮腫などの障害が出ているのは「クワシオルコル」といって、明らかに区別して考えなければならない。

「クワシオルコル」の子供に起きる浮腫を、私は太った体格のいい子の特徴だと間違え、こうした子の金髪を見て「お父さんはコーカシアン（私たちの言うヨーロッパ系の白人）？」などと初めは聞いていたものであった。しかし「クワシオルコル」の子供は、人種の如何《いかん》にかかわらず、髪が脱色して金髪になるのである。

言うまでもなく、この二つの栄養失調は、治療の方法が全く違う。「マラスムス」の子供たちは、お腹いっぱい炭水化物を食べさせれば改善される面もあるが、「クワシオルコル」の子供たちには、たんぱく質を食べさせねば健康状態は改善しない。

日本人は、気楽に「ご飯は、好き嫌いを言わなければ、いつでも食べられるもの」と思っているが、現実の世界は決してそんな甘いものではない。

その国全体に収入がなければ、生産も流通の機構も整わないから、お金があってももののがない、とか、穀類はあっても、肉や魚などのたんぱく質の補給はできない、とかいう偏頗《へんぱ》な状況が出て来る。

すると、私たちなら簡単に入手できる食物や薬などでも、お金はあっても手に入らないことになる。或いは材料は手に入っても、ガスはもちろん電気がないから冷蔵庫を使えず、食物が腐敗するというような不都合が生じる。

現代の日本人のように、いつでも電気や清潔な水を使え、どこででも水洗トイレの清潔な恩恵を受けることができる、というような贅沢は期待できない。

日本人に「隠れ貧困」はいない

私たち日本人は、実に世界一の恵まれた生活をしている。しかし九十パーセント以上の日本人が、それを自覚していない。日本人は「隠れ貧困」に苦しんでいるのだ、という誤った思想を植え付けられている。

隠れ貧困などというものはない。ほんものの貧困は、一目見ただけで外部の者にもわかるような形を取る。

夫は亡くなる一年程前から、自宅で内科医と歯科医の往診を受けられるようになった。

体力のなくなった老人を病院へ診察に連れて行くのは、家族にとって一つの仕事になる。自動車で連れて行っても、病院の玄関から車椅子を押す係も要る。

歯科医の往診を受けられると知った時、私は何も事情を知らないその先生に、お礼を言うのに忙しかった。

アフリカでは、歯科医などという人にかかれるのは、よほど恵まれた地域に住んでいる人だけで、村の生活では、歯が悪くなると、村長さんが持っている錆《さ》びたヤットコで歯を抜いてもらうだけである。

それなのに、九十歳を過ぎた夫は、携帯用の治療器で、歯のお掃除も削ることも、自宅でしてもらえる。こんなことはアフリカでは夢のまた夢である。

アフリカのお母さんたちは、三十歳くらいまでに、子供を五、六人産んでいて、しかも食料が悪いから、三十歳で前歯も抜けたままになることも珍しくない。妊娠中に充分なカルシウムを摂ることもできないからである。お金がなくて、薬の流通もないから、田舎では医療の恩恵に与《あずか》れることはほとんどない。

それが自由にできる贅沢な日本の恩恵を考えずに、隠れ貧困がある、と言い、痩せる

ために ダイエットをして、一生分の健康を害するような人には、あらゆる人生の設計はできないだろうと思う。

体を経営するのは、まず自分の責任、その次に国家と社会の責任なのである。

第七話　家庭の食卓が人間に与える影響は大きい

家族の死を経験しない人はいない

昨年の冬、私は夫の病気と死にも対処しなければならなかったが、それらは、決して苛酷な体験ではなかった、という感じを持っている。

私の家には秘書もいて、雑用を手伝ってくれるし、十数年いるブラジル生まれの日系の女性もいて、日々私は随分、心を支えられているからである。

しかし人生の困難を闘い抜かねばならなかった、という実感がないわけでもなかった。ただそんなことは、誰の生涯にも必ずあることで、私だけの不幸ではない、と私ははっきりと感じていた。

この不幸は自分だけに与えられた試練だと思うようになったら、それは自分の心の平衡感覚を失っているのである。

幸いにも、とは言えないのだが、私は子供の時に戦争を体験していた。東京が毎日のように激しい空襲を受けて、現代で言えば、イラクでＩＳの土地を奪還しようとしている戦闘の砲火に追われる土地の人たちのような暮らしである。

水道も電気もよく止まった。食べものも不足し、石鹸《せっけん》もなく、大空襲になれば、怪我《けが》をしても現代のような診療設備を持った病院や診療所まで辿り着けないのが普通だった。

一九四五年八月六日の原爆の後の広島など、飲める水の出るところもなく、救護所には最低限の薬と包帯を持った医療班の人がいれば幸運という状態だったらしい。ボロのようにぶら下がった自分の皮膚をそのまま下げてとぼとぼと十キロも二十キロも歩いて我が家へ帰ろうとしている人もいた。一切の交通機関が、設備そのものが破壊されたか、運行する秩序を失ったからである。

食べられなくても食卓を楽しむ

現代のどの家にも、かつてなかったような異変が起きることはある。しかしそれに耐える力も与えられて、私たちは生きて来たのだ。そのことを自覚し、再確認する学習を私たちは怠っているような気がする。

夫の最後の入院は、たった八日間であった。長患いをして、一年も二年も入退院を繰り返したというご家族もあることを思えば、それは家族にとって楽な看取りとも言えた。期間が短かったから、私は思う存分夫についていることができたし、或る朝早くに訪れた臨終に自然に立ち合うこともできた。夫は最期の病気になってから、いつでも私が近くにいることを好んだ。

まだ入院する前、毎晩夕食を済ますと、夫は車椅子で自分のベッドに戻った。食欲はもうずっと以前からなくなっていたが、それでも夫は台所の食卓に、私たちと着くことを好んだ。

食事というものは、ものを食べることを意味するのではなく、お互いに顔を合わせ、くだらないことを語り、その存在を意識し合うことだということは、夫の最期の一、二カ月の暮らし方でもわかる。もっとも夫は、もうその頃は、あまり語ることもしなかったが、食卓にいることは楽しそうだったのである。

喋ることが生活であり娯楽であり存在の証だった

夫が自分のベッドに戻ると、私は同じ部屋にあるソファに座って、数時間を過ごした。別に、取り立てて何か話すのでもなかった。夫は、読書らしいものを続け、私は日によって、本を読む日もあれば、おもしろい番組があると、近くに置いたテレビを見て過ごした。夫はテレビというものを普段からほとんど見ない人だった。

ベッドとソファの距離は、三メートルくらいなものである。夫は耳が遠いから、それだけでも離れると、もう普通の会話はできなかった。しかし夫は、その時間が非常に好きなようだった。その時間をまともに過ごすと、八時半から九時の間に、私は睡眠薬を持って行く。布団の肩を叩きながら、「お薬、置きましたからね」と言うと、非常に満足そうに「うん」と言うのである。

「じゃ、おやすみなさいね」と決まり文句の挨拶をすると、「うん、おやすみ」と言う返事が明るいので、その一、二時間が夫にとっては大切なものだったということがわかった。何をしたのでもない。ただ近くに二人でいただけである。

家族の暮らし方というものは、家によってさまざまで、家族内でトランプをしたり、麻雀《マージャン》を楽しんだりする人もいるというが、我が家では若い時から、全くそういう空気がなかった。我が家ではとにかく喋ることが、生活であり、娯楽であり、存在の証だった。

人間は「いつも誰かに見守られていたい」

私はカトリックなのだが、教会では、しばしばミサ聖祭の中で、司祭から受け取る小さなパンを食べる。それをコムニオン（聖体拝領）というが、共食の意味でもある。

カトリックでは、それは聖なる変化を遂げたキリストの体を頂くことであり、私たちはそれを口にすることで、キリストと一体になるという象徴的体験をする。

コムニオンは英語の字引を引くと、「交際、親密、心の交流、共有」などという意味でもある。私たちがごく一般的に使うコミュニティ（社会、生活共同体）という言葉も同じ語源から出たのである。

私たちは日々、眠る場所を与えられ、体や衣服を洗う場所があり、勉強する空間、働く組織、休む部屋などがあれば生きていけるように思うが、しかし心を生かすのは、そうした物理的空間だけではなく、物質的な衣食住の条件だけでもない。

家族でも、共同生活者でもいいのだが、精神的に共同生活を営む存在が共にいる、ということである。

そうした共同生活の実感は、家のどこにでもある。当節はいつもお母さんがダイニング・キッチンにいるから、そこにこそ、心の繋がりがあると感じる人は多いだろう。

家の建て方にしても、今の新しい家の流しは、対面式になっている。昔の台所の流しは、必ず壁か窓の方に向いていたものだったが、今では逆に家族のいる方角を見ながら主婦が調理や後片づけをできるようになっているから、家族はいつも一家の主婦の視線の中で暮らす。

それを煩わしいという人もいるかもしれないが、私たちの心には、いつも誰かに見守られていたいという気分もあるから、私は最近の配置に賛成だ。

どうでもいいことだけれど、私の家はもう五十年ほど前に建てた古い家なので、流しはやはり窓に向いて設置されている。

奇天烈なテーブルが救いになった

しかし私は、その台所に一度に七人くらいは食事ができる、作り付けのテーブルを置いていた。

実はテーブルは、以前はあまり大きくなかったのだが、ちょうど夫の悪くなる頃、私はテーブルだけ新しく広々とすることを思いついて、出入りの大工さんに頼んだのである。

ところがおもしろいことに、このテーブルはたいして凝った作りでもなく、ただ主な部分が丸いだけなのだが、取り付けた人が新米だったらしく、テーブル面は反り返り、脚の長さが少し狂っていたので、上に置いた丸いお箸がころころ落ちて来るような仕上がりになってしまった。

もちろん大工さんは恐縮し、すぐに作り直します、と言ってくれ、私たちはおよそこの世にないような傾いたテーブルを数週間、我慢して使う破目になったのである。

位置によっては、置いた湯飲みやティーカップがずるずると落ちそうになる、というので、私たちが手で押さえていたこともある。

しかし、夫の病状が、あまり希望的でない時に、この奇天烈《きてれつ》なテーブルが一種の笑いを誘ってくれたことは、私にとっては救いであった。

「女房というものは、あまり美人でない方がよろしいです」

いや、普通の主婦なら、こんなひどいテーブルを設置されたことに怒るはずである。しかし私の性格はそうではなかった。端正であることは確かに原則としては必要だが、世の中には、端正でないから笑いを誘ったり、インパクトが強かったりすることもある。

美人の方が不器量よりいい、という常識はあるが、夫はかつての自分の教え子の男性で、非常に頭のいい人物の言葉を、高く評価していた。「先生、女房というものは、あまり美人でない方がよろしいです」とその人が言ったので、「そうか」と夫は答えたのだという。

夫は戦後間もなく大学の教師になったので、当時の学生の中には、戦後大陸に留め置かれて、うんと年を取るまで復員兵の暮らしをしてから、やっと帰国して大学に入った人もいた。そうなると、時には自分と十歳も年の離れていない、むしろ自分より世間知りの学生もいた、と喜んでよく私に話していた。

その学生は体の弱い人だったから、大陸からの復員兵ではなかったが、とにかくすんなりと大学に入ったのではない「年増学生《としま》」の一人だったのである。

「どうして君はそう思うのかね」

と夫は彼に聞いた。すると、この世間を知っている学生は答えた。

「いや、女房がブスなら、外へ出れば、みなが美人ですから、楽しみが増えます。それにどうもブスの方が家庭的な性格が多いようです」

「君は読みが深いね」

夫はそう言って、自分の学生の知性を私に宣伝したものであった。こういう会話を、すぐ差別的表現だの、今流行《はや》りのPC（ポリティカル・コレクトネス＝政治的、社会的に公正・中立的で、なおかつ差別・偏見が含まれていない言葉や用語のこと）に反する言葉だと言って責めるようなことをしていると、この学生の知性も通じない。

今傾いたテーブルの話をしていたのである。つまり夫の臨終の頃、私の家の食卓は、世にもみじめで滑稽な状態だった。

私はよく、お茶の時間に寄ってくれた知人を台所に通して、一緒にお茶を飲むのだが、このテーブルに限り、「ティーカップが滑って来るようだったら、手で押さえていて」と言わねばならない。しかしこういう状態が、私の切羽詰まった心理を随分ごまかしてくれたことは確実であった。

一緒に食べることがいかに大切か

このテーブルがきちんと直ったのは、夫の死後である。私の家では、昼間秘書も一緒に食事をするので、このテーブルは大切な連絡会議の場でもあった。そこでお互いに雑事を語れば、知人の家族の病状も、すべてわかるのである。

世間の妻たちは、夫が「今日は夕食は要らないよ」と言うと、喜んでいる節がある。

いつもいつも家庭をなおざりにしているのは嫌なのだが、時々は夫がいなければ、献立の手を抜けるというものである。

私も同じ気分で手抜きをするのだが、しかし食事を共にする人がいることは実に大切だと感じている。今朝のテレビも、一人で食事をする老年は、平均寿命が短くなるということを言っていた。

今、あまりにも便利になり過ぎたので、家庭の食事がコンビニで買って来た冷凍のおかずになることを、私はやはり本気で恐れている。

自分で調理したものは味の出来不出来は別として、飽きないし、自家製のおかずでこそ、初めて「共食＝コムニオン」の意味が伝わるような気がする。

昔、うちの近くに住んでいた私の友人の一人に、「あなたの家で、インスタント・ラーメンを煮て出してくれるだけでも嬉しいわ」と言った人がいた。当時のインスタント・ラーメンなるものは、必ずお鍋で、三、四分は煮る調理法だったのである。

この友人は、当時すでに病気の気配が出ていてだるかったのか、間もなく急性骨髄性白血病で亡くなった。しかし入院する前の彼女は、文字通り、インスタント・ラーメンでも喜んで食べにうちに寄ってくれたのである。家庭の食卓というものは、魔法の空間である。その力は、今も同じという点がおもしろい。

第八話 素人の医学的知識に振り回されない

人間には持って生まれた性癖がある

私は、普段、テレビでもあまりスポーツを見ないのだが、それはスポーツ精神が公明正大な心を創り、健康にもよく、人格を伸ばすとは一概に思っていないからである。人間を創るのには、人生を生きることが一番役に立つ。

しかし決してスポーツを全面否定しているのではない。スポーツは見ていて楽しいし、友達ができるし、体を動かす自然なきっかけになる。

スポーツといっても、いろいろな程度があるだろう。プロにもなれない下手なスポーツなら、大抵の場合体にいい。自分の実力の範囲で自然にやっているからである。

しかしテレビに始終映るような人のプロ級スポーツは、健康を犠牲にしている面がある、と思えてならない。

競技によっては、痩せ過ぎるくらい痩せていなければならない。反対に体の或る部分が、極端に発達しているか、使い過ぎているから、中年以降に故障が出る恐れがある。

お相撲《すもう》さんの巨体は、決して私たち素人が考えるような脂肪の塊ではなく、ほとんど筋肉だと教えられたから、あれはあれで健康体なのかもしれないが、お相撲さんで、九十歳、百歳まで長く生きた人もいないような気がする。

私がこだわるのは、他人にその手の健康上の弱点を背負わせておいて、私たちがそれを見て楽しむ、という立場を取ることである。お相撲さんが太っているのは筋肉だとしても、やはり無理をした体という気がする。別に長生きするだけがいいと思っているわけではないのだが……。

これが肉体的な面だ。

しかし心の使い方だって、スポーツはけっこう意地悪でないと勝てない。卓球だってマラソンだって、相手の隙を狙い、弱点を衝《つ》き、その手の駆け引きがないと勝てないものらしい。

他人が見て楽しむほどのスポーツには、駆け引きが要るだろう、ということはわかるが、駆け引きというより、イジワルと見えるものが多いのに私は当惑している。

私が携わっている小説書きの世界には、意地悪をして相手を落伍《らくご》させねばならない要素というものがない。みな、書くものが別だから、競い合うといっても、相手を叩き潰すことは必要ない。それぞれが不揃《ふぞろ》いに伸びればいいだけだ。

人間の個人個人には、本来、選べない持って生まれた性癖があるのだから、その本質に気がつけば、競い合うこともないのである。駆け引きに強い人（近年ではトランプ氏がその典型のように見える）は、それで人生を生きればいい。

トランプ氏を道徳やPC（ポリティカル・コレクトネス）にはずれた人物として、当選当時、世界のマスコミはさんざん非難したが、私はそうも思えなかった。

彼はいい意味で「商売人」なのだ。これが当たる、と思ったらやってみる。この世には理想理念もあるが、どれがいいか、やってみなければわからない、ということもたくさんある。トランプ氏は「やってみる人」なのだ。そして、欠陥が見えたら引っこめる。

それも一つの生き方だ。

自分の体が求める生活をするのが一番いい

一方、我が日本の霞が関には、東京大学出の秀才がたくさんいて、現実に使われる以前の法律でも、どこに欠陥があるか、念には念を入れて考えてみられる人がたくさんいる。小説も書き始める前から、その中で書かれなければならない主題と、細部の構成は決めるのだが、今でも私には、書いてみなければわからない部分がある。計算できなかった部分で、書いてみたら思わぬ発展をする要素も時にはあるのだ。小説はやってみたら失敗でも、世間には実害を与えないので、それでいいのである。

私は時々、この霞が関の秀才のワルクチを書いて来たが、現実には彼らの恩恵を受け続けていることを深く感じて生きている。日本という国は彼らによって作られたきっちりした制度上の規則が、実によく機能している国なのである。それが近代国家というものの基本的なあり方だ。

しかし人は、個々の体質の特徴に従って生きるのがいい、と私は思っている。それほど、個人には、原則が通用しない場合がある。栄養もそうだろう。日本人は毎日の食事に、たんぱく質と炭水化物と脂肪と食物繊維とビタミン、ミネラルなどが万遍なく含まれたものがいい、と自然にわかるようになった。

しかしアラスカなどにいるイヌイットの人たちは、アザラシの生肉だけを食べて生きている、と昔本で読んだ時は驚嘆した。アザラシの肉は、台所の片隅のような寒いところに放り出してあり、家族は空腹を感じた時、めいめいがそこへ行って、食べたいだけ生の肉を切り取って食べる。一家がテーブルを囲んで、食事をするという習慣はないのだ、という。

アラスカのイヌイットの生活も、近年は変わったのかもしれないが、同じままだとしたら、それはそれで興味深い。

私は東京の典型的な庶民の家庭に育ったが、今と比べると、当時の毎日のおかずは、かなり単純なものだった。それでも毎日一家は、「ちゃぶ台」と呼ばれていたお膳を茶の間に出して一緒に食べるのが習慣だった。つまり食事は家族と共に食べるという前提であった。食事の内容より、そこに会話があることの方が大切だったように思う。イヌイットのように、餌としての食物を摂るより、食事の時に、家族の間で語り合うことの方が重要なことなのであった。

私は世界中が、そんなご飯を食べていると思い込んでいたのだが、必ずしもそうではないのである。日本でも、食事はめいめいがお腹が空いた時、勝手に台所で食べます、という地方があって、私は少し驚いたが、イヌイットの暮らしを聞いていた後だったので、それほどにはショックを受けなかった。

原則は、人はめいめい自分の体に合う生活をすることを選ぶのがいいのだ。始終働いていないと、不安に陥る人もいる。反対にいつもゆっくり休んでいて、時々思い出したように働いていても、別に一生食うに困らなかった人もいる。

私のように長い年月を生きて来ると、そのどちらのサンプルでもあるような人生も知っているのでおもしろい。

巷に溢れる健康法に振り回されない

一時期、毎日五キロ走る、とか、一日一万歩歩く、とか三十種類の食物を毎日必ず口にする、とかいうことを健康の秘訣と考えて実行している人がいたが、私は「毎日」という決意が続かなかった。「今日は寒いからやめよう」「今日は仕事の原稿書きが優先」「三十種類？　そんな足し算できない」と続かない理由はいくらでもあって、それでいいと感じているのだ。

そのうち「高齢になって毎日（気候も考えずに）走ったり、一万歩も歩いたりするのは体によくない」という説やら、「十六茶、というお茶を飲んで十六種類を食べたことにしている」などというおもしろい計算法まで出て、これらの一種の信仰は、流行のように消え去った観もある。しかし中には、まだ残っているものもある。

それでいいのである。何も世間や、初歩的な素人の医学的知識に振り回されることはない。

私の場合、別に決まって守っていることもないが、強いて言えば「おうちご飯」を作って食べている。前にも触れたが、我が家では九十一歳になる夫が、二〇一七年の二月三日に死去した。私の夕食は一人になり、ケーキと紅茶を飲むだけでも済むのだが、私は長年の習慣で、何となく一人でも食事らしいものを作って食べている。

今朝は朝から到来ものの筍《たけのこ》を薄揚げと煮て、夜に備えている。私はゴリラと似ていると思うほど筍が好きだ。しかしそのせいで、少し胃が痛い。八十年、九十年と生きて来ても、人間はまだ自分で自分に適した食物の量や種類さえ管理できない。

私は時々、自分の体が食べたいものを告げているように思うことがある。或る冬の朝、私は普段好きでもないお粥《かゆ》に青菜を入れて食べたい、としきりに思った。昔お正月の七日に、古い習慣のある私の実家では、律儀に七草粥を作って食べた。

七日の朝起きると、子供の私は憂鬱だった。お粥も好きではなかったし、そこに青菜を加えて塩味で食べておいしいわけはない。

しかし昔の人は、総合ビタミン剤もなかったのだから、自然の食品で栄養を補おうと、必死だったのだろう。冬の最中に野原で摘んで来る貴重な野草を食べれば、少しはその目的を果たす、と体が知っていたのかもしれない。

夏痩せというものに効くから「むなぎ（鰻《うなぎ》）とりめせ（召し上がれ）」と歌った大伴《おおとも》家持《やかもち》の歌もその一つだ。

「塩」は人間に欠かせないものである

私にとって、塩はそのもっとも顕著な食品だが、現代の日本人にとって、塩は常に血圧を上げる悪いものだ、ということになっている。

しかしアフリカで暮らすと、だらだらと流すような汗はかかなくとも、一日中、人間は発汗しているらしく、塩分が不足して来る。すると、頭痛、発熱、だるさなど、風邪のような症状が現れ、ひどくなると吐き気がする。

普通人間は三度の食事によって、多分必要な塩分は摂っているのだ。しかし疲労したり、旅行中だったりして食事が不規則になると、一日に摂れる塩分の量も、知らず知らずに減ってしまう。

するとまずだるくなり、風邪をひいたと思い、いよいよジュース、水、飴《あめ》などしか口にしなくなる。その結果、発熱し、吐き気が来る。

エチオピアの高地で、一日騾馬《らば》に乗って風に吹かれた時、そうだった。私は昼ご飯として、蜜柑の缶詰を一個与えられた。それはその時私がもっとも食べたいものだったので、特別に我がままを言えたことを感謝したのだが、後で考えると、その結果、私はほとんど塩分を摂らずに昼間を過ごしたのだ。

夕食の頃、私はひどい吐き気を覚えた。ようやくその夜泊まるテントに入ると、そこに日本からの救援物資のカップ麺が積んであった。

「あれを頂けますか？」

と私は尋ねた。

「どうぞ、どうぞ。あれなら食べられる？」

と聞かれて、私は貴重品のカップ麺を一個もらった。お湯を入れてスープを一口飲んだ途端、と言いたいのだが、恐らく数分はかかったろうが、私の吐き気は治っていた。

塩分の不足は、暑い土地では怖い。日本では塩分が不足する事態になどならないのだが、アフリカでは、私は何度か同じ体験をした。

バス旅行の時、時々同乗のメンバーに塩昆布の一片など勧めるのは、みなが意識しなくても、塩分不足に陥っている可能性があるからである。

日本人はみんな旅の途中に、水を飲みましょうという警告はお互いに出し合っているが、塩を摂りましょうとは言わないのである。人間は一日に五グラムの塩は必要なのだ。

サラリーマンのサラリーという言葉も、語源は塩から出たものだ。古代のローマ兵は、塩を買うための金を与えられた。昔、海から遠い土地に住む人々は、塩を確保するためのルートを考えた。

ローマを通る主な街道の一つは「ヴィア・サラリア」というのだが、それは「塩の道」という名前で、つまり海へ繋がる道である。塩の道は、すなわち命の道だった。

私はここ十年ほど、少しだけ塩に凝るようになった。外国に出る時、おみやげに塩だけ買って帰るのである。安いし、かさばらなくて、持ち帰りやすい。それで日本に帰ってから、お料理が簡単においしくなる。

どんな途上国にも、実においしい塩がある。田舎町の素朴な市場で買えるのだ。小さな小袋が一袋五円、十円のものもある。少しゴミがまざっている時もあるが、私はあまり気にしない。この手の塩は、岩塩の時も海の塩の時もあるが、なぜか少し甘い（うまい）のである。

第九話　人間には果たすべき役割がある

体力の限界を知ると謙虚になれる

八十代も半ばとなると、初めて会った人によく、「特に持病とかは、おありでないんですか？」と聞かれる時がある。

「ありますとも、ない人の方がむしろ少ないんじゃないでしょうか」

と私は答えることもある。

人間が病気がちかそうでないかは、生まれつきの資質の結果が多い。私はありがたいことに、親からやや頑丈な体質を受けついだ。私たち夫婦はいろいろな事情で親から金銭的な財産は一円も受けつがなかったが、健康な体をもらった。その方がどれだけ、高額な遺産相続をするよりありがたかったかもしれない。

　ただ私は親から、強度の遺伝性の近視の眼も受けついだ。小学校一年生の時、すでに黒板の字が見えなかったのだが、子供の私には近視というものがわからなくて、どうして私だけ黒板や掛け図が見えないのか困っていたが、多くの場合、隣席の友達が親切で、ノートをそっと横にずらして見せてくれたりしたので、その場をしのげた。

　もちろん、視力はないよりあった方がいいに決まっている。小説では、物語の中でどのような人生も設定できるが、現実の生身の人間は、持って生まれた自分の体の健康や能力に生涯にわたって支配されるからである。

　しかし、それだからいいのだ。人は、そのような日常的なことから、自分の体力・知力の限界を知り、その範囲で生き方の設定をするようになる。そして必ず自分より能力のある人がいることも知って、謙虚にもなる。

　私の場合は、前にもちょっと触れた通り、視力がなくて、人の顔を覚えられなかったから、初対面の人に「先日は」と挨拶したり、二度目の人に「初めまして」とお辞儀をしたりして、恐らく相手の気持ちを少し害するような行動をしていたのだろう、と思う。

それは無礼なことであったので、私は次第に人に会うことを恐れ、一人書斎に閉じこもる暮らしを好むようになった。私の作家という仕事は、そこから始まった。

その姿勢が今になると意味があると思われるのは、その結果こそが自分のできることをする、という原則と矛盾しなかったので、私は自然に、生きるべき道、生き易い道を選べたのだ。

考えればこれほどはっきりした理由があることは、自分の人生を決める上で、恵まれていたとさえ言える。音楽にも才能があり、スポーツも万能で、しかも数学も国語もできたりすると、音楽家になるべきか、弁護士に向いているのか、商社に行くべきかわからなくなるだろう。

私が生きるのに適している道は、たった一つしかないと思われたから、私は悩まないで済んだのだ。

視力がないのも資質の一つ

作家になるには、この一見マイナスに見える素質が大きく口をきくことが多いようだ。

プルーストも堀辰雄も吉行淳之介も、喘息患者だった。決して軽薄に決めるわけではないが、これほど一つの病気と仕事に因果関係があるということになると、喘息患者であることは、文学的才能があることだ、と判断しかねないことになる。

喘息は苦しい病気だという。だから健康であるに越したことはないのだが、喘息でも、その苦痛を知らないよりは知っていた方が、文学に厚みが出るという言い方ができなくはない。

ただ私のような卑怯者は、喘息で苦しい思いをするくらいなら文学的才能がない方がいいとする考え方に傾くが、そこで簡単な関係づけをすることも憚られるわけである。それでも小説家としては、あらゆる心理を、知らないよりは知っていた方がいいのである。

私の肉体的な財産（たとえそれが負の要素を持つものであっても）は、つまり視力がないということだった。

視力もないよりあった方がいいに決まっているのだが、私は強度の近視に生まれたのだから、いいも悪いもない。ド近眼の人生を送るほかはなかった。だから絵描きにはなれなかった。そのおかげで、視覚的に写生をせず、言語で表現をする作家になった。

「体中痛いのは治らないが死にもしない」

私は比較的喉が弱いほかは、一応無難に八十歳に近づくまで生きてきた。そのサイクルが少し狂ったのは、老年を前にシェーグレン症候群という膠原病《こうげんびょう》が見つかった時である。

五十代の時、一度だけ結節性紅斑《けっせつせいこうはん》というおかしな病気にかかった。数日で治ったが、その時すでに、膠原病の予兆はあったのかもしれない。

時々微熱が出て、体中が痛いか、怠け者病のようにだるい以外は、どことい って困る兆候はない。レントゲンの検査でも異常がないとなった時、私はまっすぐ、人から話に聞いていた膠原病の専門医のところへ行った。そして血液検査一度で、抗核抗体の数値だけが極端に上がることから、シェーグレン症候群だという診断がついた。

「この病気は、薬もありません。医者もいません。治りませんが、死にもしません」というすばらしい診断をもらって、私は気が楽になったのはほんとうであった。私の自覚は仮病でもなかったのだが、なぜか死なずに済む病気なのであった。

もし日本のどこか――もしかすると稚内《わっかない》や鹿児島などの遠隔地――に名医がいて、その人なら治せる、ということになったら私は大変だったろう。南北に飛行機で飛び、お金も時間もかかる。

しかし医者もいず、治ることもない、というなら、それは何もしなくていいということだ。

今日がほどほどにいい日なら、それでいい

しかも最大の取り柄は、私の人生における持ち時間（つまり寿命）がもうあまり長くないということだった。だから、よくても悪くても、深く喜ぶ必要も嘆くこともない。今日がほどほどにいい日なら、それでいいのである。

この先、生きる日々が長い人（つまり若い人）なら、体を治すことに全力を挙げる方がいいだろう。しかし人生半ば、あるいは三分の二は過ぎたという人なら、もうあとの人生は惰性で生きてもいい。

若い時、私たち夫婦は、一緒に海外旅行をするのを避けていた。事故で私たちが死ぬと、幼い息子は、どういう人の庇護《ひご》の下に、どんな経済状態で生きることになるのか、目安がつかなかったからである。

子供がまだ小学生の頃までは、夫か私かどちらかが家に残るようにしていた。そのうちに息子が一人でもどうやら生きていける年齢になったと思われると、私たちはまた夫婦で旅に出た。その頃が私たちがもっとも自由を感じ、楽しい時期だった。

人生は時のリレー競走である。私たちはいずれは死ぬのだが、その時々で、人間として果たすべき役目がある。私たち夫婦の場合、それは最初は子供、それから私たち夫婦が背負うべき三人の老世代（夫の両親と私の実母）の老後を看取ることだった。

私たちは彼らと一緒に住み、孝養を尽くしたわけではないが、日々を一緒に過ごした。それはしかし、どんなにいいことだったか、今になって私はよくわかる。

平凡な日々を共に生きて単純な会話を交わし、日々の「ご飯を一緒に食べる」ことが、実は人を生かす基本的な条件なのである。こんな単純なことを何とかできる状況にいても、現実には共に暮らしていない家族が実はたくさんある。

人を生かすということは、物質的な条件を満たし、日々の生活実態を整えることだけではない。人には共に暮らす相手がいることが必要だ、と私は思っている。もちろん、それは別に血の繋がった家族でなくてもいいのだが。

第十話 精神的な異変は誰にでも起きる

不眠症も排除せずに受け入れる

私は肉体は頑丈だが、精神には弱いところがあった。などというと、私は図太い「人困らせ」な神経の持ち主だと思われている面があるので、笑う人もいるだろうと思う。

私はとにかくハイティーン時代から、不眠症だったのである。今では、あらゆる自分の弱点や、慢性的な病気と付き合う方法を知ったので、今でも時々起こる不眠症にも抵抗せず、排除もせず、それが私なのだ、と思って暮らしている。毎晩飲める程度の安全な睡眠導入剤を医師から出してもらって、それで不眠に苦しむこともない。

ともかく私は、精神的に健康極まりないとも言えないが、病的な神経を持つ性格が多い作家としては、まあまあ凡庸に暮らして来た。

しかし三十代の後半には、睡眠薬中毒になりかけていたのである。

私は専門家ではないので、当時の「世間の睡眠薬事情」を正確に述べることはできないが、不眠症に悩む人たちの間では、〇〇という薬なら、普通の薬局でも買える、などということに精通している人もいたし、二種類の睡眠薬や精神安定剤を飲み合わせれば（つまりカクテルにして飲めば）効く、ということに詳しい人もいた。その手の薬はお酒と共に飲めば、さらに効果がはっきり出る、ということで、毎晩のようにアルコールとのカクテルを楽しんでいる人もいるらしかった。

個人名を挙げることは控えたいが、作家の中にも、別に自殺の目的のためだけに飲んだのではなくても、おそらく睡眠薬中毒の結果だろうと思われる死に方をした人もいた。

私の個人的な感覚では、その手の人は学校秀才と違って、みな心が温かく、人生の解釈に余裕があって、できれば一生付き合っていてほしいと思うような人たちばかりだった。

私の不眠症の理由は、小説のことばかり考えていたからだった。仕事熱心などという、まともな態度ではなく、取りつかれてしまうと、他のことを考えられない。

だから、というのは皮肉なことなのだが、短編の筋を考えつくのは必ずと言っていいほど、小説に考えを集中していない時であった。料理を作っている時とか、プラットホームで電車を待っている時とか、人からかかってきた電話を切った直後とかであった。

そのろくでもない性癖をどうして治せたか、というと、一九六八年の早春、私は偶然夫の三カ月間の出張についてアメリカで生活をすることになったからであった。

一人きりの息子も中学一年生を終えるところだったので、一緒に連れて行くことにした。しかし私たちの滞在の途中で新学年が始まるので、四月初めに一人で日本行きの飛行機に乗せて送り返すことにした。日本人のキャビン・アテンダントは親切だったし、当時の飛行機は給油のためにホノルルに停まるのが普通だったが、彼は待ち時間にわずかなドル紙幣を握りしめて一人で空港内のコーヒー店に行き、アイスクリームソーダの大中小のうち、ちゃんと大を注文したと報告した。

神経症的な異変は誰にでも起きる

私たち夫婦は、アイオワ州の田舎町の、暗いモーテルの別棟を借りて生活を始めた。私はそれまでにモノクロのヒッチコックの推理映画をたくさん見ていたが、その手の映画には、よく安いモーテルの部屋で人殺しが起きる話が出て来た。私たちが宿として見つけたモーテルの別棟は、それとそっくりだった。地下室に通じているらしい階段もあったが、私は気味が悪くて、その階段を下りたこともなかった。

台所には、お鍋もフライパンも備えつけてある。私は料理もできる方だったから、大抵毎日自宅で夕飯を作っていた。同じ大学で知り合った日本人の詩人が「豚カツを食べたい」と言った時、私はしかし初めから決して親切なわけではなかった。

「豚カツなら、駅前のレストラン（町に一軒だけある怪しげな安食堂）に行けば、食べられますよ」などと言っていたが、彼に「違うんだよう。あれはカットレットなの。豚カツとは違うの」と言われると、やはり日本式の豚カツを作らねばならないか、などと思ったのである。

私は食パンを買って来て乾かし、卸し金でパン粉を作ることから始めて、日本風の豚カツを作った。彼に親切なのではなく、アメリカで日本風豚カツを作ることがおもしろかったからであった。

こういう生活が私にとっては、神経症的な異変を調整するのに、効いたのだろうと思う。私は借家の台所に一つだけあった一メートル四方くらいの食事用のテーブルの上に原稿用紙を拡げて、長編の第一頁を書き出した。することもなかったからである。

それを見て夫は、私が長い間の神経のささくれ立ったような生活から抜け出したと思った、と後になって言っている。

誰の生活にも、さまざまな理由から精神的な異変が起きる。比較的軽くやり過ごせる場合もあるが、背後の理由に当人が自覚がないと、異常が固定してしまう場合もある。

年を取れば取るほど身軽がいい

最近、私の体験した生活上の変化は、誰にでもあるものだが、夫が亡くなったことである。長患いもしなかった。最期、苦しみもしなかった。周囲の人たちが、みな私を助けてくれた。

だから彼は一年一カ月の最期の時期を希望通り家で過ごし、九十一歳の誕生日を数日過ぎて、意識がなくなった後のほぼ一週間だけを、病院で楽に過ごさせてもらった。

入院時にすでに回復不能な肺炎だったが、特に積極的な治療はせず、ただ呼吸が楽になるような処置だけが施されたように見えた。

私の家では、カトリックの神父に、うちで葬儀のミサを立てて頂くことはしたが、社会的に広い斎場を借りて、みなさんにお出《い》で頂くような葬儀の場を設けなかった。それが夫と私の好みであった。死者が生者の生活の邪魔をしてはいけない、という思いを夫もよく口にしていたからである。

だから私は多分他家がお葬式を出す場合の、故人の妻のような疲れ方をしなくて済んだと思うのだが、それでも夫の死後、四カ月を過ぎた頃、私はどれだけ眠ってもまだ眠いのを感じた。

私たちは結婚して六十三年近くも一緒に暮らした。ほとんどあらゆることを語ったような意識もある。だから最期の入院の時、救急センターの呼吸器科の女医さんが、「もう後数十分でお話ができなくなると思いますから、今のうちにお話しになることはなさっておいてください」と言われた時、私は思わず笑い出し、「うちはもう六十年以上喋りに喋りましたから、今さら話すことはないんです」などと言ってしまった。

身軽、ということはどんな時でも大切なことだ、と私は思う。この場合、夫と私との身軽な関係というのは、すべてを語り、聞き残したこともなく、借金も金の延べ棒の山も残さず、というようなことだったような気がする。

この一見当たりまえの単純な人生の結果が、つまり身軽な人生なのだ。

私は体育会系の訓練を何一つしないまま、中年になった。そして五十三歳の時、友人たちと初めてサハラ砂漠縦断の旅に出た。

本当の目的は、自動車で一三八〇キロ、水とガソリンの補給の利かない砂漠の深奥部を抜けることだったが、その前に北部の岩の荒野を、一日に二十キロ歩いて、古い洞窟に残された岩絵を見に行く計画もあった。車で行けばいいのに、という人もいたが、つまりそのあたりには、全く自動車道路がなかったのである。

私は同行者に「歩けるでしょう」という口約束だけして出発した。リュックはごく軽くした。それでも、五キロほど行くと、私は背中の荷物を重く感じるようになった。

仲間の一人に、大学時代、冒険部だか探検部だかにいた体力のある人がいた。その人は私のリュックをさっさと自分のリュックに入れてくれて、私は空身になった。すると、とたんに私はすたすたと歩けるようになり、めったにない体験ながら、二十キロをどうやら歩き通した。

大抵の人が、私同様、体力がない。だから、重いものを持っては人生を歩けないのだ。世の中の「おばさん」族と言われる女性たちが、中年の或る年から、急に「鰐革《わにがわ》のハンドバッグなんかとても持てないわ」と言うようになる。立派で見場がいいし、丈夫でもあるのだが、鰐革は重いのだ。その点、布やビニール系の安っぽい素材で作ったものは軽くて、ハンドバッグそのものが目的とする機能をきちんと果たす。

人生は、サハラの道のない北部砂漠より、はるかに長い。それをとにかく歩いて行かねばならない。だから身軽が最高の条件だということを知るのは、かなり高齢になってからである。

ものが増えるのは生きている証拠だが……

何よりも、たいていの人たちは、食欲に任せてたくさん食べる。そして太る。私も六十歳くらいの時、四、五十歳の時より、確実に十五キロ太っていた。今は元に戻ったが、それは食欲が自然に減ったからである。

しかし肥満よりも恐ろしいのは、私たちが青春から中年にかけて、自分がいつか必ず行動の不自由な老齢に達し、それから当然の経緯としていつかは死ぬのだということを忘れて、生活の荷物を増やすことを恐れないことである。

それも当然なのだ。私も子供の時、一人娘だというので、親に雛《ひな》道具を買ってもらった。父は凝り性だったので、お雛さまだけでなく、蒔絵《まきえ》の雛道具を少しずつ買い集め、一種のドールハウスを作った。

それは今ではもう作る人もいなくなった職人芸だから、私は大切に保存しているが、その雛道具はここのところ、十年以上も飾られないまま、私の家の納戸と呼ばれる部屋に積まれている。今、多くの人が、お雛さまなど飾って楽しむことをしなくなったのだ。若い人たちは、それよりもっと楽しいことを発見している。

私はスポーツの才能がなかったから、ゴルフやスキーはもちろん、テニスさえしなかった。そのおかげで使われなくなったゴルフ道具、古いスキー、ラケットなどが、納屋に放り込まれていることもない。私の性癖が偶然、幸いしたのだ。

自分を含めて、さまざまな人生を見ていると、幸運にも順調な人生を送った人は、誰もが似たようなものの増やし方をする。私の時代には三、四十代で着物を着るようになる。二十代より少し太ると、和服の方が欠点を隠せるような気がするのだ。

私は着物道楽はあまりしなかったが、同じ頃、食器に凝るようになった。骨董《こっとう》ではなくて、古道具の類なのだが、明治、大正、昭和の初期のものでも、現代の陶器にはない魅力がある。それで少しずつそういうものを買い集めた。そして毎日、それを使って食事をした。ぶり大根でも、里芋の煮っ転がしでも、少し古い陶器に盛って食卓に出すと楽しさが違った。

世間で、一応幸運でもあり、勤勉でお金の使い道を誤らなかったと言われる人たちは、六十代でセカンド・ホームに手を出す。海辺か山のどちらかだ。

私は若い時から、東南アジアのあの暑さに惹かれていた。だから例にもれず六十歳の頃、シンガポールにしては珍しい木立の中にある古いマンションを買って、約二十年間よく使った。そのマンションを売ったのは、私がそのマンションを充分に使い切る体力を失った八十代の初めである。

七十代から八十代あたりに、人生の山が来る。登り切って息が続かなくなる。そこで人は山を降りる算段をする。私もその典型だった。

ただありがたいことに、別荘を買うという人並みの道楽のおかげで、私はシンガポールでアジア人の混成した暮らしを体験したし、少し英語の本も読んだ。いい勉強であった。

思い出はいいことずくめだが、私はそのマンションを人手に渡すことになった時、一度も惜しいとは思わなかった。私はもう充分、その家から与えてもらったのだ。

旅に出ると、人はどうしても途中で荷物を増やす。おみやげ屋に寄ったり、寒いからと言ってセーターを買ったりする。人生の旅でも同じようなことをする。それも仕方がない。それが生きることなのだから。しかし、あまり増やし過ぎない方がいい。

人は中年で太り、老年で痩せる

女性は誰でも、スリムになりたいと言う。しかし私の見るところ、人は中年で太り、老年で痩せる。私の年になると、少し体調が悪くなると、もうご飯の量が減る。だから体に少しお肉の貯金が要るわね、などとも言い合う。

　少なくとも私よりは医学的知識を多く持っている人から教えられたのだが、一般に内臓の手術をすると、十五キロは体重が減るという。手術後の体重が四十キロを割らない方がいい。ということは、普段から人は五十五キロほどの体重はあった方がいいということになる。そうでないと「病気も、手術もできない」ことになる。つまり一定の体重は、一種の保険だ。

　増やしたり減ったりするのが、人間の営みである。貯金通帳の額だって、一定の範囲で増えたり、減ったりするのが健全だ。しかしその場合でも、つまりお金でも、あり過ぎないことが健全でいい、と私は思う。

　痩せ過ぎも太り過ぎもいけない、というのは、体重でもお金でも当てはまる。しかし適当に変動があるのが、これまた健康な人生の姿なのである。

第十一話　精神が健康であるということ

土を汚いと思うのはおかしい

私は十三歳の時、第二次世界大戦の終わりを体験した。日本国から追われはしなかったが、当時の生活は、現在の世界的現象から言うと、一種の難民であった。石鹸もない。電気もよく止まり、燃料もないから、毎日充分な水で入浴もできない。今のようにナイロン製品などない時代だから、服地は木綿《もめん》、ウール、絹のどれかで、すぐ破れた。

時代ものの芝居では、舞台で貧乏な家が出て来る。家の主人は、継ぎの当たった着物を着て、端切れを寄せ集めて縫った煎餅布団に寝ている。私たちの暮らしは基本的に、あのようなものであった。

ただ日本人というのは、組織を運営するのがうまいし、どこかの途上国の大統領のように、利権を一人占めにしたりしないから、私たちは戦争当時でもお米、味噌《みそ》、醤油《しょうゆ》、塩の配給をわずかながらでも受け、布地（と言っても白い木綿地だが）も一人何メートルという具合に、配給切符なるものを使って買える仕組みになっていた。母がその木綿を使って、ブラウスでも下着でも、手作りするのである。

当時の庶民は、毎晩のようにあるアメリカ軍の空襲で戦争の事態を感じていた。

私の家には四畳ほどの面積の地下防空壕《ごう》があった。毎晩、空襲警報が出る度に起きて壕に逃げ込むのでは寝不足になるので、母は私をこの壕の中に寝かせていた。子供の私はこの状態を、ほんの少し楽しんでいた。ピクニックをしているようで、おもしろかったのである。空襲が始まれば、直撃に近い空爆を受けて死ぬこともあったのに、私は非日常的な暮らしを、一応は嫌悪しながら、反面でおもしろいと感じていたのである。

日本本土がアメリカ軍の空襲を受けるほど、敗戦に近い様相を見せている、などという事態を自覚していなかったからでもあろう。日本が負けると、現実にどうなるか、はっきり感じていた人は、日本国民の中にほとんどいなかったろう。

私は、変化を自然に受け入れるたちだった。

終戦の三カ月前に、あまりに東京の空襲が激しくなったので、私たち一家は石川県の金沢に疎開して、私は幼稚園の時から通っていた東京の聖心女子学院中等部から石川県立金沢第二高等女学校に転校し、その日から、工場に動員された。わずか十三歳が女子工員として駆り出されたのである。

それほど日本は、敗戦間近で切羽詰まった状態だった。物資もなかったが、労働力もなかった。体の健康な男たちは、ほとんど兵隊に取られ、日本に残っている労働力は、十代の若い男性か、五十歳を過ぎた初老の人たちばかりだった。

動員されて、授業も受けられず……と文句を言う人も多いのだが、私は人生で初めて体験する工場労働の体験をやはり楽しんでいたと言うべきだったろう。勉強より、働く方が好きだったとすれば、高等教育を受ける資格のない人間である。

しかし弁解すれば、私は当時から、自分の知らない社会を見ること、自分の育った社会にはいなかったような過去を持つ人と知り合いになること、に感動していたのだと思う。育ちが違うから話が合わないと感じることは、全くなかった。生涯にたった一度、演歌しか興味がないというおばさんに会った時に、この人と友達にはなれそうにない、と思っただけである。

清潔を極度に重んじる性格の母に育てられたのに、いつの間にか、そういう暮らしは病的だ、と思うようにもなっていた。戦争中は、化粧石鹸も洗濯石鹸も不足していたので、私はこれ幸いと、清潔を重んじる暮らしを止めることにした。つまり食事前に必ず手を洗うなどという習慣を止めたのである。

食料も不足していたので、当時は誰もが庭先の「猫の額」ほどの土地をたがやして、そこにダイコンだのコマツナだのの種を蒔いたのだが、そうした畑仕事をすれば、当然手は土で汚れる。私は自分が土を汚いと思い、すぐ手を洗う欲求を覚えることを自覚し、少し恥ずかしく感じた。

人間は、そもそもは土の上に座って生きる動物なのである。ご飯を食べるのも、眠るのも、原則は土の上だ。それなのに、土を汚いと思う自分が、私は恥ずかしかった。

清潔にし過ぎることの弊害

当時は食料も逼迫し、私たちは主食代わりに、まずいさつまいもやかぼちゃなどを食べなければならなかった。アメリカが食料不足を補うために、日本人に配ったかぼちゃの種からは巨大な実がなったが、そのまずさはまた信じられないほどであった。後年、私たちが知らされたところでは、この種は家畜の飼料用の実を採るためのものだったという。

私はあくまで白米のご飯が好きだったが、ご飯の中にお芋や麦が混じっていても、それなりにおいしいと思えた。戦前の子供は、今のように贅沢ではなかったのと、育ち盛りは、それほどいつもお腹を空かせていたのだ。

私は一人っ子で、母は私を産んだ時、三十三歳であった。年のせいで当時の母には、もし私を死なせたら、もう子供は授からないだろうと思う強迫観念があって、過保護に育てたという。食事の前には必ず手を洗い、ピクニックでは持って行ったリンゴの皮を剝《む》く前に、アルコール綿で消毒したりした。だから私は外部から雑菌を受けるという鍛えられ方をしないまま、惰弱に育ったと思われる。

これは確かに致し方のない経過によるのだが、私はもう老年にさしかかってから、シェーグレン症候群という一種の膠原病を発症したことはすでに書いた。

この病気が私に出たのは、しかるべき時期に（恐らく満七歳くらいまでの子供の時に）あまりにも清潔な生活をしたので、その時期にできるべき免疫性が完成しなかったからという説もある。

普通ならその年齢に、多くの子供は兄弟と共に、生存競争の下に育つ。落ちたお菓子を奪い合って食べたりすることで、雑菌も適当に体に取り入れ、必要な免疫力もできる。これが望ましい経過なのだが、私のような一人っ子は親の目が届き過ぎるために、雑菌を体内に取り入れられる不潔に出合う機会がない。そのために、できるべき免疫性ができないまま成長して、こんな年になって不調が出るというのが、その説明のようである。

私はこのハンディキャップを人生の途中からうすうす気がついていて、遅まきながら取り戻そうとした。と言いたいところだが、そんなに明確な意識の下に暮らしたわけではない。

しかし私は大人になってから、無意識のうちにこの人生体験上の遅れを取り戻そうとはしたのである。「もう遅いよ」という言葉もどこかから聞こえて来そうだが、それでも私は生活の一部で方向転換をした。

私は意識的に、人が避けたがる体験を増やすようになったのである。

暑さをいかにしのぐか

運命も自然に私を、そちらの方向に連れて行ってくれた。私はアフリカなどの発展途上国と呼ばれる国々へ行くようになった。それまでにもアジアの国々はよく知っていた。「私はアジア人なのだから、アメリカよりアジアを知っていていい」と私は思っていた。

私が最初に訪れた外国は、香港《ホンコン》でもハワイでもパリでもなく、インドとパキスタンであったが、アフリカはアジアの途上国とは、比べものにならないくらい、さらに人間の基本的な生活において原始的だった。

私がそうした土地へ行けたのは、私の知人のカトリックのシスターたちが、何十年と一人でそれらの未開地に入り、その土地の人々のために働いていたからなのである。

しかし不思議なことに、私は未開の土地に行くことを少しも恐れず、却ってそのような土地にいる時には健康でもあり、精神も自由になるのを感じた。

人間には適応力というものがあるはずだ。放射線によって傷ついた遺伝子にさえも、まともに復元する能力が備わっているという。

とは言っても、私は寒さには少しも強くならなかった。暑さには対抗できる。アラビアやアフリカの諸国の中では、気温が五十七度という国にも行った。現代のことだから、当然ホテルの冷房は完備されている。むしろそういう高温の国ほど、ホテルの室温をめちゃくちゃに冷やすことを、客へのサービスだと思っている。

取材のためにホテルの部屋を出る度に、私は三十度前後の温度差に耐えねばならなかった。その結果、私は自律神経失調症になり、脈が結滞して、呼吸困難になったこともある。

人はほんとうは自然の中で、その土地に生きる動物のように暮らすのがいいのだ。乾燥した暑い国では、アラビアの砂漠の主とでも言うべきラクダはわずかな木陰の熱い砂の上に、膝を折って座っている。あの姿がいいのだ。

ただ人類のために弁解すれば、気温三十度以上のところでは、人間は動物としては生きられるが、「思考する動物」としての暮らしはできない。そんな気温の中では、人は食べて歩き、目的をもって自主的に労働し、セックスをして眠ることはできるが、人間的な思考の道を構築することはできない。だから文化は、北方の寒い地域で発展するのだ、ということなのかもしれない。

そういう土地に住む人は、暑さに対抗する素朴な手段も考え出した。私の知っているもっとも単純な暑さよけの方法は、外へ出る時、Tシャツの上から、緩く水を絞ったバスタオルを羽織ることである。これが貧乏人の冷房手段だ。少なくともタオルが乾くまでは、蒸発が体温を奪ってくれる。

もっともこの方法は、高温で乾燥しているというインドやパキスタン、アラビアの諸国のような国でないと、あまり有効的ではない。

何よりも自然に暑さの中で暮らす方法は、肌を日光にさらさず、木陰で怠けて寝ていることだ。こういう知恵（？）があれば、気温三十度台半ばでも、冷房なしで生きていられる。いや、四十度を過ぎても大丈夫なはずだ。

ただし「自然のままの自然」の中では、先に述べたように、人間は思考せず、食べてセックスをし、損得勘定と金だけは扱える動物になる。

健康を保つための先祖代々の知恵

昔、東南アジアのある国で、もっとも労賃の安い労働者の仕事ぶりをゆっくり眺めたことがある。彼らはトラックの荷台めがけて、三回ほどスコップで土を投げあげると、地面にスコップを杖《つえ》のようについて体を伸ばし、たっぷり二、三分はあたりを見回したり喋ったりして、働かない。

そのルーズな働きっぷりを見て、日本人の労働管理者は怒る。彼らは怠け者だ、と言うのである。しかし日本人の労務者のような勤勉さで働いたら、この暑さの中では、多分彼らの健康は保てない。怠けるということは、彼らが先祖代々伝えて来た知恵なのである。

これが文化を理解するということなのだ、と私は思ったが、何日までにどれだけの工事を終えなければならない、という契約の思想と能率主義を取っている日本人の社会には、とうていこのような考え方は受け入れられない。

怠け者が多い土地では、何月何日までに工事を完成させる、というような制約の精神は生きていない。いや、会社としてはあるのだろうが、末端の労働者たちは、「そんなこと、俺たちの知ったこっちゃない」のである。

彼らの頭の中では、大体仕事とはすべて、できる時までにできるのであり、契約条件とか、完成の期日などというものは、「偉い人なら、なんか知っているかもしれないが、俺たちには関係ないこと」なのである。そこに日本人には考えられない、比類ない精神の健康さがあるのだ。

第十二話 体を自由にコントロールすることはできない

血圧は変えようとせず上手に付き合う

私たちは友達と別れる時、「あなたも体を大事にしてね」と深くも考えずに言うが、その言葉はなかなかむずかしい内容を含んでいる。

もちろん相手の健康を願う気持ちがあるのは前提だ。そしてその背後には、相手の健康を守る方法は「当人」が一番よく知っているだろう、という尊敬と依頼心があるのもほんとうだ。

或る時私は、知人の作家の家に夕方七時頃に立ち寄った。知人はご主人の作家の方ではなく、その夫人の方であった。

しかし私は、夫妻の暮らし方まで知っていたわけではなかった。夕方七時、というのは、それでも私なりに時間を選んだつもりではあったのだ。

夕方まで書いて、それで仕事は終わり。後は銀座のバーで飲む、という作家も多かった時代である。そのお宅では夕方何時まで仕事をされるのか私は知らなかったのだが、七時ならそろそろ終わりに近づいているだろう、と思って立ち寄ると、お二人は食事中で、その食事は強いて言えば、われわれの朝飯なのだという。

つまり、その作家は夜通し書くので、完全に夜と昼が逆になっているのである。お二人はさっき目覚めたところで、食事が終われば、仕事を始める。夫人が口述筆記を引き受ける重大な役割を負っているのだという。

私はそれを知って、用件を素早く切り上げ、はやばやと失礼した。当然ではあるが、私のような平凡な暮らし方をしている小説書きはむしろあまりいないのだな、ということは、その時改めて肝に銘じた。

私は朝八時には仕事を始めている。急ぐ理由のある時は四時起きで、五時には机に向かっている。私は朝には強いのである。しかしこういう生き方は、農業や商業には向いているが、作家には少ないのだな、と初めて身に染みてわかった。

学生時代から、私はこのような生理的パターンから逃れられなかった。多くの人は、試験勉強でも遊びでも夜型が多かった。しかし私は試験の前夜八時から眠っていた。その代わり、まだ夜明け前の三時には起きて、その日の試験に備えた。文字通りの「浅（朝）漬け勉強」である。

その癖、私は低血圧なのだ。普通、低血圧は朝に弱いという。しかし、その通説も私の場合は当てはまらなかった。

初めは、低血圧そのものを治そうとした。朝風呂に入ったり、朝鮮人参を飲んでみたりもしたのだが、血圧は上がらなかった。朝酒とは言わないが、お酒も飲んでみた。「朝寝朝酒、朝湯が大好きで」という小原庄助《おはらしょうすけ》さんは、多分私と同じに社会生活にも支障が出るほどの低血圧だったのだろう、ということは、その時察しがついた。彼も必死だったのだ。しかしこういう「小細工」はどれも効かなかった。

お風呂もお酒も、一時は血圧を上げるが、すぐまたひどく下がる。その反動の方が辛いとさえ思えた。

昭和天皇のご不例の最期の頃、最高血圧が百を切り、それが新聞で報じられる度に国民はみな心配した。しかし宮内庁が発表した陛下の血圧の値はほとんど私と同じで、私は「陛下も大丈夫よ。私が生きてるんだから」などと言っていたものだ。

もっとも私の血圧の上限が百を切っていたような時、私はいつも眠くてたまらなかった。歩きながら眠りそうな気さえした。

私があまり「眠い眠い」と言い、居間の床の上でも眠りこけそうになると、夫は「せめて二階（寝室）で眠れよ」と言い、それでも私がちゃんと反応しないと、仕方なく銀座へ連れて行ってくれた。別に何をするのでもない。とにかく歩いて血圧を上げていなければ、睡魔に襲われるからである。

銀座に行っても、どの店が見たいのでもなく、どこで食事をしたいのでもない。そんな意欲は一切ない。眠らないように昼日中から唯《ただ》歩くのだが、田舎道を歩いても虚《むな》しくなるので、常識的に銀座に行こうとしたのである。

心が命じても、体が動かない時はある

前にも書いたと思うが、私は決して偏食でもなく、ダイエットなどもしたことがなかった。食べるのが大好きだから、ダイエットなどとうてい続かない。したがって栄養はいつも悪くなかった。私が最大限太っていた時、身長は百六十五センチで、体重は六十一キロであった。

ちなみに天下のマリリン・モンローは、ほぼ最盛期の私と同じくらいの身長と体重である。モンローのこうしたデータは、生前は公表されたことがなかったのかもしれない。私がそれを知ったのは、彼女が自殺かもしれないと言われた死を遂げた後で、アメリカの死体検案所（モルグ）がそれを発表したのである。

その数字が、当時の私の身長・体重と全く同じだということを知った時、私は、これは私の知人の男たちをいやがらせるいいデータだと感じた。私がそう言うと、世の男たちは、白々しい目で私を眺め、それからうんざりした表情になったのである。つまり、同じ肉の量でも、それがついている場所が問題なのだが、私はそれに気がつかないふりをしたのである。

考えてみると、私は今までに結核にもかかったことがない。喘息も糖尿もなく、ひどいアレルギーもない。粗食にも、不潔な食物にも、ある程度耐える消化器を持ち、その生活の技術も心得ている。そして贅沢よりも、素朴な暮らしができることの方を、私は自慢にした。その方が生きる技術として役に立ったからである。

しかし人間が、精神と肉体という二つの要素に支配されながら生きるということを自覚し、その支配をうまく振り分けて生きることは、考えてみると、むずかしい面の方が多い。

むしろ神は、人間にそのような複雑な課題を与えて、人間が動物と同じ単純さで生きることを禁じ、象や鰐にはできないような自分の管理を命じたと考えた方が楽しいだろう。

なぜなら究極においては、精神の支配が人間を生かすように私は思うのだが、この二つの要素は、それぞれに自分の支配する部分を拡げたがっていて、多くの場合、滑稽な対立を見せている。その葛藤《かっとう》をかいくぐらねばならないからだ。

精神力さえあれば、肉体が無限に使えるというものではないが、精神力のない肉体は、有効に使えない。よく死に物狂いになると火事場でバカ力が出る、という言い方をする。

火が迫っているとなると、普通なら持てないような重い家具でも、人間は動かすようになるというのだ。

危機感も同じだ。この状況の中に取り残されると死ぬ、という予感がすれば、ばてているはずの体がどうにか動いて死地を脱する、というような話も聞く。

しかしどんなに心が命じても、体がもう動かない状態は必ずあるのだ。

精神と肉体の、どちらが私を私らしく生かすという行為において主導権を握っているのか、私は時々おもしろく感じて来た。

〝魔法のスイッチ〟を押して変身

私は今までの人生で、体力と気力の配分を計測しつつ、働いた記憶は二回しかない。一度はまだローティーンの頃、工場労働に動員されて、女子工員として働いた時だ。

私は昔から、今までしなかった体験をすることがかなり好きだった。だから工場動員もいやいや従ったのではない。しかし私は簡単な兵器の部品を作ることに、責任を感じた。

日本が当時戦争に勝つか負けるかは、こういう場合の自分の働き方にもかかっている、と背負ったことを感じていた。だから私は必死で、生産力を落としたり未完成品を作ったりするような工員にだけはなってはいけない、と思っていたのだ。

当時十三歳だった女の子が工場に拘束された時間は十二時間である。今だったら考えられない長時間労働だ。その時初めて私は、自分を半日だけ別の人格として働けばいいのだ、と思った。できるかできないかは別として、それが私の置かれた新しい立場であった。

それから長い年月が経って、私は六十四歳で、日本財団の会長という立場で働くことになった。私はそれまで組織に組み込まれて働いたことがなかった。常に机一つ、万年筆一本あればどこででもできる、一人だけの「作家という家内工業」の体験しかない。

しかし私は、虎ノ門のオフィスで週に三日か四日、朝九時半出勤、夕方は五時、六時までは働くことになった。初めは週に一日くらいと考えられていたが、結果的にはそれでは仕事が済まなくて、やはり週に三日くらいは出勤するようになった。

しかも、すべての仕事が対人関係である。職場では、職員や来客に会い、小切手にサインをし、会議に出席する。つまり、すべて人と接する仕事ばかりだった。

そんな日々に、私は朝出勤の途中で必ずやっていた一つのくだらない秘密の儀式があった。それは私の髪の毛で見えない部分に一つのスイッチがあり、それは普段は「一人仕事」という方に入力されているのだが、時々切り換えると、「社会的仕事」という表示に切り換わる。つまり、全く反対の機能を指示するという魔法のスイッチだった。

私は朝出勤の途中の車の中で、その日の予定を考えて、十時間、ないしは十二時間「接客」という方にスイッチを切り換えるのである。そして帰り道にまた、いつもの「一人仕事」の方に戻す。

接客の多い仕事というのは、生まれつきの私の性格からみると、極めて不自然な状態であったが、時間を決めれば、私はそれをこなせるような気がした。その時間だけ自分を変身（変心）させればいいのである。

心と体は予想を裏切るからこそおもしろい

精神が、肉体的な欠如を完全に補うというのもほんとうではない。私は長時間原稿を書く時、締め切りが迫ってあわてて書かねばならない破目になったのは私の落ち度なのだから、出来上がった原稿がそのために質の悪いものであってはならない、と自戒する癖もあった。

ありがたいことに、コンピューターという機械は、何度でも跡形もなく訂正が利くのだから、少なくとも完成した時には、私は息づかいの乱れさえも見せないように、落ち着いた文章を完成させられるはずなのだが、そういう時は、やはり乱れも出るのである。「注意散漫」になっていて、何度読み返しても文章上の統制に到達できないこともあった。それを知りつつ、私は仕方なく何度も読み返す。その晩読み返し、翌朝また再び目を通す。私は朝方人間だから脳の活動も、朝の方がいいような気がしているのである。

そして事実、前夜見落としていた瑕《きず》が朝には見えることもあるが、再び「なあに、人生も作品も、どこかに落ち度や歪《ゆが》みがあった方がおもしろいや」と思うのだから始末に悪い。

私たちが満月の絵を描くとしよう。月の大きさにもよるけれど、月の円は完全でない方がいい。コンパスを回して、幾何学的に完全な円を描けば、それは味のない丸になるだけだ。うまい日本画家は墨の一筆書きで、みかんにも大福餅にも見えるような歪んだ満月を描くが、それでもふくよかな月に見えるのである。

私の場合は満月を描こうとしても潰れた大福餅に見えるのは、私のお絵描きの技術の限界があるからなのだが、見様によっては、素人の絵もまた下手である方がいいのだ。そこに、私の生活感情が残っている。

自分を叱咤《しった》激励しなければ、自分が充分に働かないことは多い。しかし、その自分への命令を怠らなければ、必ず自分自身が充分に働くと思うのも誤りだ。

戦争には、必ず事前に「作戦」というものが要る。敵がいるのだから、自分の思うようにことは運ばないのだが、一応、次の時間あるいは翌日にはどんな戦い方をしようかという筋書きを作るのである。それが精神と肉体の使い方のシナリオだ。だが状況は、予想しないほど変わる。それが人生だ。

しかし、そのような計算違いのおもしろさがまた、人生そのものなのだ。

第十三話 人間は変化から逃れられない

家族が「欠ける」ということ

長い年月、私は家族と一緒だった。一人娘だったので、娘時代は父母と、結婚してからは夫と一人息子とである。家族の数は少なかったが、私はいつも誰かと一緒だった。娘時代に育った家族は絵に描いたような穏やかなものではなかった。父が気難しい人で、母は私を道づれに自殺を考えたこともある。父は社会的には善良な人で、ただ人を許せないだけだった。表向きは気さくな「紳士」だったし、酒乱・女道楽・浪費などとは縁のない人だったから、母が家では不幸な暮らしをしているなどということは外見からは信じられなかっただろう。

母は六十歳を過ぎて、やっと念願だった父との離婚を果たし、八十三歳まで、私たち夫婦と暮らした。小説を書いて「主婦」の仕事を果たせない私に代わって、七十代の前半までは家政のほとんどをしてくれたし、子育て（母にとっては孫育て）もしてくれた。

少し歪んではいても、私の家はそれなりに自然な家族だった。私は母とは口喧嘩《くちげんか》もしたが、母を老人ホームに送ろうと思ったことはなかった。母は私以外の人と暮らしたことはなかった。

夫が亡くなった時、私は初めて家族が「欠ける」ということを実感した。普通の家庭ならそれまでに、娘や息子が進学をきっかけに下宿住まいを始めるとか、結婚して新家庭を作るという変化があるもので、私の息子も名古屋の私立大学に行ったのを機に家を離れた。

私はそれまでよく夫に「一人息子の存在に母親がしがみつくようになると大変だ」と半分冗談のように言われていたので、息子に取りつく母親にならないことだけを第一の目標にして来た。つまり成人したら、息子を親の存在（束縛）から放してやることが何より大切な義務だと考えていたのである。

以前から用心していたせいもあって、この一つの人生の転機はうまくいった。名古屋市のはずれの下宿に息子を置いて帰って来る時、「電話をひく仕事だけ間に合わなかったわ」と、私が最後に息子に言うと、彼は「電話くらい自分でひけるよ」と無愛想に答えた。あ、そうだった、もう充分に一人前の大人だったんだと思い、私は自分の「過剰関与」を今後は戒めなければいけないと、自分に言い聞かせたものであった。

聖書は、この子供の一人立ちに関して、次のような原則を簡潔に述べている。

「こういうわけで、男は父母を離れて女と結ばれ、二人は一体となる。」(『創世記』2—24)

つまり親子はこのような結末になることが正常なのである。しかし現代の都会生活の中では昔ながらの原則を自分勝手に変えることもできるから、必ずしもこのルールが守られていることにはならない。

世間の息子たちは自分に充分な収入があっても、炊事も洗濯もしてくれる便利な親から自立したいとは思わず、娘たちも給料をもらいながら自分の育った家にいれば、今まで通り家賃も、うまくすれば食費も払わずに済み、収入は全部自分のお小遣いになるという贅沢ができることを計算している。だから、独立の気運は少しも高まらない。

夫が健康な時だって、私は一人の夜がよくあった。夫が出かけている晩や、私が一人で海の別荘に行っている時である。夫は都会の暮らしが好きだが、私は始終喉を悪くしているので、地方の海岸のきれいな空気をありがたがった。それで私は時々、夫をおいて一人で海の家に行っていたのである。

しかし或る人がそこにいない、ということは、その人がこの世にいないと認識することとは全く別であった。

よく配偶者がいなくなった後、時々、その人はたまたま家にいないだけで今にも玄関のドアを開けて帰って来るように思う、と言う人がいるが、私はそんなことを思ったことはなかった。

目に見えるところに、その人がいるかいないかではない。完全な存在感の欠落である。私は、その欠落感になかなか馴れなかった。

生活の変化を受け入れたかは食事でわかる

私は子供の時から厳しい環境で暮らすことを、母にしつけられた。

女の子だからといって「怖い」とか「さびしい」などと言うことは許されなかった。小学校五年生の時、山の中の家に一人で泊まって、炭でご飯を炊いて食べ、命じられたものを持って帰るように言われたこともある。私は炭を起こすことも、お釜でご飯を炊くこともできた。当時は近くにコンビニなどというものもないから、ご飯は自分で炊くほかはない。それより怖いのは、夜一人でいることと、空家だった家のあちこちに死んでいる虫の死骸だった。新聞紙でつまんで捨てなければ洗面所も使えない。

私は幽霊を信じたこともなかった。中年になってから、インドの地方の修道院に泊めてもらっている時、「あなたが泊まっている建物の隣は墓地だった所で、あの辺は夜幽霊が出るというウワサよ」と聞かされた。しかしインドで幽霊に出会えたら、私はジャーナリストとして狂喜するだろう。夜通しこの幽霊とお喋りして、その人がなぜ幽霊になったかを語ってもらおうと思ったぐらいだった。

だから、ということもないが、私は母から、家族団欒《だんらん》の中でしか生きられない、などと考えることを許されなかった。私はどこででも、そしてどんな環境の変化の中ででも生きられるように仕向けられていたのだ。

この「生活の変化」の中には実に雑多なものが含まれた。家族の変化、暑さ寒さなどの自然の移り変わり、文化的に異質なものの匂い、食物の好みの多様性。

その中で私が強く興味を抱いたのは、食物の好みの違いである。

私の家は、典型的な日本の中産階級の、都会人の暮らしだった。しかし特にハイカラな家ではなかった。私の両親は外国生活を知らなかったから、いわゆる洋食なるものも、戦前は数えるほどしか知らなかった。オムレツ、ステーキ、シチュー。生の野菜を使ったサラダなど食べたことはなかった。サラダといえば、茹でたじゃがいもに人参を入れ、マヨネーズで和《あ》えたものだけだった。

ライスカレーが一番よく出た日本料理以外の食べ物だったが、あれは実は日本独特の料理で、インドのカレーとは、全く似て非なるものだということは後で知った。日本のライスカレーはインドのカレーを参考にしたかもしれないが、実は日本料理である。

父は小さな会社の経営者の一人で、その工場の部門では、田舎から初めて東京に出て来る地方青年を採用していた。会社の創業期には、母がその若者たちの食事の世話をしていた時代もあったらしい。塩鮭、安い魚の煮つけのお汁で日本葱《ねぎ》を煮たもの、煮豆、奴豆腐《やっこどうふ》、などというメニューは、こうして今でも私の記憶に残っている。当時の魚の切り身は古くて、さぞかしまずかったろう、と私は同情している。

このような出稼ぎの若者たちが東京に来て、一、二カ月過ぎると、母はライスカレーを出してみた。当時の青年たちは、初めはライスカレーなどという気持ちの悪いものは食べられない。一口食べて、止める人もよくいたという。

しかし数カ月経って、今日はライスカレーだと聞いて喜ぶようになると、母は「ああ、この子は東京に定着した」と思ったそうである。

その土地の食事ができるかどうかは、単に味覚の馴れの問題ではない。もっと厳しく、その土地の文化を受け入れられたかどうかにかかっている。

人生は絶えず変化し、人間も変わる

ローティーンの頃、日本が大東亜戦争に敗北して、私たち日本人はやっと戦後を迎えた。間もなく航空機が発達し、私たちは遠距離を、船ではなく、空路で移動できるようになった。十数時間で、インドのようなヒンドゥ教の国家にも、パキスタンのようなイスラム教の国家にも行けるようになったのである。

ヒンドゥ教では、牛は神聖な生き物で、豚は不浄な生き物だから、牛も豚も、それぞれ違った理由で決して口にしない。イスラムの国では、牛の肉は食べる。しかし豚は決して食べない。それを守らないような外国人は、運が悪ければ、政治的な問題を引き起こすようなことにもなる。そこで地元の人に受け入れられてビジネスができるような関係はとても保てない。

二十三歳の時、初めての外国として、インド、パキスタン、タイなどという国に連れて行かれた私は、その土地の習慣や感情をすべて理解したとは言えなかったが、守るべき初歩的なこと――たとえば食習慣を守る姿勢――くらいだけは身に付けた。

パキスタンでもインドでも、豚は飼われていないから、豚カツは食べられない。しかしどうしても食べたければ、豚肉はどこかでは売っている。誰が土地で忌み嫌われている豚を飼育しているかといえば、そのような禁忌の一切ないキリスト教徒が、食肉ビジネスとして異教徒外国人に豚肉を供給しているのである。

同じ土地に、ユダヤ教徒、イスラム教徒、キリスト教徒が住んでいる土地がある。すると会社の同僚でも、信仰が違えば一応気を遣わねばならないことが増えて、面倒でもあるが、便利なこともある。

イスラム教の休日は金曜日、ユダヤ教は土曜日、キリスト教は日曜日である。だからキリスト教徒たちは、日曜日に食料品などで買い足りないものを思い出したら、日曜日でも開いているイスラム教徒かユダヤ教徒のスーパーに買いにいけばいい。異教徒には売らないなどということは誰も言わないからである。

日本のスーパーは休みがなくて便利だが、大抵の宗教は店を開けない休日があるから、こういう形で、信仰を楯《たて》に棲《す》み分けをする手もあるのだ、と教えられる。

違う思想や習慣の人の中で、自分を失わず、しかし相手も傷つけずに生きるには、少しの知恵や精神的努力が要る。

イスラム教徒が主流を占める国では、今でも年に一回は個々の家で犠牲の動物を屠《ほふ》る習慣がある。その日には、少なくとも二週間は自家で餌をやって飼っていたことにした家畜を、自分の家で屠り、その肉を習慣に従って、親戚や近くに住む貧しい人に分けるという。もちろん屠殺《とさつ》には専門家がいて、動物を苦しませないように殺してくれるというが、私の知人の日本人は、その日は周辺があまりにも血なまぐさくなるので家にいられず、無理に用事を作って逃げ出すという。

そうした光景は、その国の人々が古来、牧畜民として生きてきた歴史を物語っている。私たち日本人は農耕民だから、家畜を屠って食べるという行為に馴れない。しかし、その国で暮らそうと思ったら、その国の人々のやることを少なくとも平然と見ていられなければならないのだろう。

私たちは家族の構成に変化があることにも、普段見馴れない光景に会うことにも、すべて人生の当然の変化として受け止めなくてはならない。なぜなら、人生というものは、安定よりもむしろ変化が基本だからだ。

子供は成長し、親をおいて就職したり、結婚したりする。子供に、「親より好きな人ができることが許せない」という親の存在にも未だに時々出会う。しかしそれは、かわいさを失うから子供の背丈が伸びないでいてほしいと思うのと同じくらい、残酷な心情だ。

私たちは自ら変わって行く。私は子供の時、虚弱な体質だったが、戦争で食べものもなく、清潔も守れなくなって却って丈夫になった。戦争のおかげ、親から受け継いだ資質のおかげ、私の努力と怠惰のおかげ、友だちのおかげだが、そのような因果関係は決して明快にされない。

しかしいずれにせよ、変化があったから、私たちは自らも変化したのだ。それが望ましいものであってもなくても、とにかく変化からは逃れられなかったのである。

第十四話 何事もほどほどがいい

無理をせず生きるのが一番長持ちする

世間では、お金を溜める方法として「出ずるを制して」という。まずお金遣いの荒さを矯《た》めて、無駄な出費を減らす。そうすれば収入は大して多くなくても、お金は溜まりがちだということだろう。

「産をなす」と言うと、まずたくさん儲けることが前提になっているように思われがちだ。もちろん収入ゼロでは溜まるわけはない。しかしどんなに儲けても、それ以上使えば、やはり溜まらないわけだ。

もっともこの関係は、おもしろい別の要素で支配されている。人間は誰もが一日一人二十四時間しか持ち合わせていないということだ。その持ち時間を、睡眠、食事、仕事などに振り分けなければならない。

睡眠については、十時間眠らなければならない、という人と、一日五時間眠れば充分という人と、かなりの違いはあるが、その人の一生の総計で計算してみると、意外と違いはないのかもしれない。

つまり、眠らなくても済む、と言っていた人が、中年になって結核や肝臓病にかかって、数カ月も数年も療養するとなると、意外と最終決算は同じになるのかもしれないのだ。つまり人間が働ける限度というものには、それほどの違いはないということである。

八十年以上も人生を眺めさせてもらった感覚から言うと、何も無理をすることはない、と思う。自分の生理に合った一日の使い方をして生きるのが、一番長持ちする。

私は十歳の年から、十三歳まで続いた第二次世界大戦（大東亜戦争）を体験したから、現在でも世界的なレベルと言われそうな貧困も体験した。

一九四五年の終戦前後の日本人の食生活は、たんぱく質もカロリーも不足していて、明らかに一種の栄養失調であった。栄養失調の兆候はどういうふうに出るかというと、痩せる人もいるが、病気が治らないのである。

才能もお金もほどほどがいい

戦争直後の日本は、今風の言葉で言えば、スラム生活に近いほどの貧しさにあった。空襲で焼けた家の人々は、今と違って政府が用意した収容所も仮設住宅もないから、自分の家の焼け跡に、トタン板や焼け残りの雨戸などを集めて作った掘っ建て小屋に暮らしていた。風呂もトイレも台所もない。水道の水で体を洗い、庭に穴を掘ってトイレにした。燃料は炭か、その辺で拾って来た薪《まき》や板などであった。

戦前お金持ちだった人も貧乏だった人も、似たような暮らしになったのだ。私の知人の中にはお倉を持っていて、家が空襲で焼けた後にも、そのお倉に住んでいられた幸運な人もいた。お倉の中は二階建てで、中には当時何の役にも立たないように見えた掛け軸だの、洋画だの、彫刻だのがあったが、とにかく雨の漏らない「住む場所」を持つ人は、羨ましがられたものであった。

こうした貧困な生活が救われたのは、一九四五年の終戦以後の日本の奇跡的な復興・繁栄によるもので、世界でもあまり類を見ないほどの豊かな暮らしが戻ってくると、こんな昔の貧乏はもう思い出話になった。

その頃、日本人は、意識を少し変えたのだ。ほんとうに生きるために必要なものは、財産の証になるようなお金や株でもなく、美術品や骨董の類《たぐい》でもなかった。真に価値があるのは、毎日食べる米、砂糖、豆類などであることを知った。つまり私たちは、原始人のように、元から、生きるとは何かを気づいたのである。

それから先は、その人の個性によって違う。それでもなお、時間が経つにつれ、書画骨董に心を向けた人もいるし、出世街道まっしぐらになった人もいた。やや理念に傾いた「単純生活」というような言葉に、新鮮さを覚えた人もいた。もちろん学究生活に打ち込んだ人も、農漁村に入って昔風の村の生活に理想を見いだそうとした人もいた。

そうした戦後の空気に、便乗するのでもなく、敢《あ》えて反対もしないけれど、少なくとも私は、やや単純生活に心を向け始めた。

と言っても、深い哲学や意志に支えられたものではない。戦争中、毎日のように空襲で日本中の都市が焼かれ、或る人が一生をかけて集めた家邸や家財が、一晩のうちに灰燼《かいじん》に帰するのを見ると、「何でもほどほどがいいや」と思い始めたのである。

贅沢も貧乏もほどほどがいい。持っているのも持っていないのも、ほどほどがいい。才能だって、世間まれな才能を持つと、多分孤独になって必ずしも幸せにならない。

体調をくずさないコツ

こと「食物」に関しては、戦争中の飢餓的な空気は、誰にも食に対する執拗《しつよう》な欲求を残した。昭和六年前後に生まれた作家たちは、私を含めて小松左京氏、開高健氏など、誰もがいわゆる「食いしん坊」であった。

それも戦争中、ろくなものを食べられなかったので、戦後になって、その欲求不満を取り戻している、と言えば、誰もがすぐ理解し、笑って許してくれるような幼稚な性癖であった。これが昭和十年生まれになると、単純な食欲の話より、もっと哲学的な話題を好むようになる。

戦後の問題は肥満であった。戦前、ダイエットなどという言葉も観念も私たちの世界にはなかった。東南アジアの一部の国では、戦後も太った女性が美女として好まれていた。太った女性を妻として持つ男性は、つまり経済力のある人で、妻にそれだけ充分にご飯を食べさせている、ということの証なのである。

私は今でも、食物と肥満の関係、或いは食欲と飢餓の関係がよくわからない。

私はエチオピアなどで、いわゆる深刻な飢餓に苦しんでいると言われる土地に入った。そこには私たちが、週刊誌のグラビアで見たような、骸骨に皮がかぶっただけのようになった子供たちがいた。

私たちがそこへ入ったということは、ただちに何らかの食物が差し入れられたということだ。私たちは飢餓地帯に入る時は、ビスケットなど消化のいい食物を必ず携行していた。だからそれを与えられた子供たちは、さぞかし身を乗り出してがつがつ食べるだろう、と私は思ったのだ。

しかし、それは間違いだった。飢餓の進んだ土地の子供たちは食欲を失っていた。彼らは自分の膝の上に載せられた食物を久しぶりに見ても、すぐには口に運ばなかった。

彼らはただそれをじっと見ていた。それが食べものだ、ということを忘れているのではない。だが食欲はもうないようだった。この症状は、神が悲惨さの極みに達した人間に与えた小さな救いなのか、とさえ思ったことがある。飢餓と空腹は、全く違うものなのであった。

　今でも地球上には、飢餓ではないが、貧困のゆえに毎日三食は食べられないという人がけっこういる。日本人がそういう土地の学校給食にお金を出すと、勉強はともかく、子供が一食は学校で食べられるから、親たちは喜んで子供を学校に出す。それがないなら、うちで山羊の番をさせている方がいい、という親だって珍しくはない。先生でさえ、給食つきの学校に赴任したがるから、いい教師が集まるという。

　私は長年こういう例を見過ぎたので、食は何でもあった方がいい、と思ったのだが、多くの場合、人間は食べ過ぎていることの弊害の方が大きいという。

　ある時、学術的な調査をするグループの人たちと、近東の田舎を旅することになり、私がその食料調達係をすることになった。カップ麺はかさばるので、袋入りのもっとも素朴な干したラーメンを持参することにした。昼ご飯には、どこかでお鍋と火を借りて、そこでラーメンを調理することにしたのである。調査隊は十二人だった。私は若い人たちも多いことだから、という計算で、一食あたり十五袋くらいの麺を使う気持ちでいた。

　するとこういう人数のグループを扱い馴れている人が言った。

「曽野さん。十人なら、九袋でいいんですよ」

「だってみなさん、よく食べるでしょう。それじゃ足りないと思いますよ」

「いや、それでいいんです。充分に食べさせると、必ずお腹を壊す人が出てきます。けれど人間、少なく食べさせておけば、決してすぐ健康を害するようなことはないんです。どこかで数日休息を取れるような場所に着いたら、お腹いっぱい食べさせますから」

この手のベテランの指導者によると、人間は少しくらい食物の量が足りなくても、決して体調を壊しはしないと言うのだ。むしろ過剰な食料の摂取の方が、かなり短時日のうちに健康不調を示す。痩せて健康な人、はいても、太って丈夫な人はいない、ということらしい。

お金に固執するのは不健康な証拠

しかし肉体と精神とは必ずしも同じような反応は示さない。

貧しいから、得ているもののありがたさがわかる、という場合は多いのだが、いつも足りない思いをしていたから、要らないものでも欲しがるという貧困な精神が蔓延《はびこ》る場合もある。

しかし私の一般的な体験から言うと、貧しい体験が忍耐強い性格を作る。私の性格の中に少しはいい部分があるとしたら、それはすべて辛い体験の中でできたと言っても、そう間違ってはいない。

一方で、貧しい生活にも同情すべき点はある。いつも目的のものが充分に手に入らない暮らしをさせられると、すべてのものに飢餓的な感情を抱くようになることもある。つまり、もらえるものなら、いつでもたくさんもらっておこう。食べてもいいなら、食事の時間や健康状態など考慮せず、いつでも十二分に食べておこうという気分になる。これも困る性癖である。

アフリカの村で、パーティーを開くと、招かれていない人までやって来るのは、ごく普通のことだ。貧しくて、家では「たらふく食べて」いないからである。

彼らは自分一人、しこたま食べて帰るだけではない。家族のためにパーティーの食料を持って帰ってしまう。もちろん「お持ち帰り用の容器」などのある社会ではないから、女房子供に食べさせたい食料は、長いシャツの裾で包んだり、ポケットにじかに入れて持って帰ったりする。どろどろのソースに漬かっているような料理でも、ポケットに入れる。もちろんシャツは安いものだが、それでもべとべとになって染みがつくだろう。料理は水分が脱けて、ごみだらけだ。しかしそんなことは一向に気にしない。

人間、要る分だけは要るのだ。しかし要らない分は、逆にその人のお荷物になる。

この判定ができる能力が人間の知恵であり、賢さである。だから自分には不要な程度のお金や財産を欲しがる人は、たえず不必要な体力や精神力を浪費していることになる。それも「ご苦労さま」なことだろう。

物とお金に対する欲求は限りがない、という例を、私たちはよく見かける。すでに充分な財産持ちなのに、さらに親が死ぬと、「残されたわずかな分け前」まで当てにする、というケースは多い。しかも、その「わずかな分け前」は、兄弟姉妹と醜い争いの結果、手に入れなければならないものであったりするのだ。

憎しみまで動員して手に入れたお金の代償が、現世での血縁との別離であったりする現実を知ると、私は不思議な気がする。もしかすると、こういう単純な欲求が強まる時は、その人は少しばかり肉体的に不健康なのかもしれない。

人間の生き方には、配慮と計画が要る。それができることが健康のバロメーターといえるのだろう。

第十五話 食事は腹八分目でなくてもいい

ぜい肉は健康の貯蓄

私がまさに自分の体験として記すことなのだが、私の母は中年の頃、子供や甥たちからは「デブ」だと思われていた。この言葉について少し説明をしておくと、当時「デブ」はあまり悪い意味でもなかった。

世の中にはまだ食べられないような貧乏というものがあって、うんと痩せている人もいたからである。

その「差別」に該当している人は当然「ヤセ」と呼ばれていたと思う。後年ずっと年月が経っても、そしてもしかしたら今でも、東南アジアの実在の国々の中には太った女性が美しいとされている国がある。男性からすればセクシーなのだろうし、世間的には「あの家は奥さんにもたっぷり食べさせているお金持ち」と見られるからだという。

もちろんこのような発想の定着している途上国でも、最近は、「上流階級」では痩せ志向が流行っている、という。

体に肉がついているかどうかは実は趣味の問題ではなく、ほんとうは健康の貯蓄があるかどうかの問題なのだという。すでに書いたが、人間は「大きな病気や手術」をすると十五キロくらいは痩せるという。

私は最近の自分の体験で、年を取っても人間は痩せることがわかった。私はいつの間にか七キロは痩せていた。大病もしない、ダイエットどころか太るために、好きでもない甘いものも時々は食べるのだが、食欲が自然に減じている。

母が、「デブ」だということは、一族の中で公認の特徴だった。百五十七・八センチの背丈で六十一・二キロあったのではないかと思う。中年にチフスに罹り、治ったら一挙に太ったのだという。

母自身が自分の体重を笑いの種にしていた。草履《ぞうり》をデパートで買う時、当時は現金で払わずに「お帳場づけ」の形で決済をしていたのだが、そのお金を払わないうちに、履きものの方が潰れていた、というのである。毎食ご飯はお茶碗三膳ずつは食べる。三膳目は必ずお漬物でお茶漬けにする。だからデブだったのだ、と父は言うが、母にすれば三膳目のお茶漬けは「〆め」のメニューなのである。これを食べなければ、食事が終わったと思えない。

父は東京の八丁堀生まれだったから、お茶漬けなど、それほど馴れていない。私は時々食べる。そして外国に住む友人から、外国人の夫が、日本人のお茶漬けを見て「ご飯にお湯をかけて食べてうまいなんて信じられない」と言った話を笑って聞いている。だからといって外国人の前でお茶漬けを食べるのはよそうなどとは思わない。そのうちに、彼らもきっとお茶漬けの味を知る。だからできれば教えない方がいい。外国人が日本食の味を知り過ぎると、そのうちにきっと糠《ぬか》味噌用のコンブや味噌が外国人に食べられてしまって品不足になると、私は少しも博愛精神など持ち合わさず、利己主義にかたまっている。

食欲があって食べるから太るのだが、そのことに関して人々は少し勘違いしているように思うことがある。ダイエット、つまり節食は可能だという考え方である。

人間の欲の中で、ごまかしのきかないのが食欲である。その他の欲は、別の欲に置き換えられる時もあるという。衝動買いをする女性は、何か別の不満をショッピングで満たすわけだ。

しかし食欲は余程のことがない限り、代わりのものに置き換えられない。余程のもの、というのは、生命をおびやかすなどの外的な力である。十代に体験した空襲の時、私は爆音で夜通し起こされていても空腹など感じたことはなかった。

人間にはお腹一杯という満腹感が必要

しかしそれほど原始的に健やかな食欲も、私に言わせれば自然にブレーキがかかる。私も中年の頃までは、どちらかと言えば早食いで大食であった。しかしそのうちに自然にブレーキがかかった。食べるのが遅くなり、或る程度食べると満腹感を覚えた。

そこで、ぴしゃりと食べるのをやめればいいのである。

世間の人の中には、腹八分目がいいなどと言う人がいるが、私はその説に同意しない。

人間には腹十分目の満腹感が大切なのである。

私は今、猫を二匹飼っているが、そのうちの「雪」という雌は、町のペットショップの狭い檻の中に、もう一匹のすばしこい黒い子猫と押し込められていた。二匹は一つの餌箱に交互に鼻を突っ込んでは食べていた。食べなければ損という光景だった。それで私は「雪」を買って来た。これでもう一匹の猫も少しはのびのびするだろう。もっともペットショップでは、すぐもう一匹別の「売りもの」を檻に入れるかもしれないが、私の感情はその場をごまかせばよかった。

我が家にはその時すでに一匹、「直助」という雄がいた。この猫は鼻先に餌の容器を置いてやっても食べない。それに比べて後から来た「雪」は「直助」のことなど目もくれず、餌箱に鼻先を突っ込み、「直助」は「雪」をあきれたように見ている。

それから半年は経ったのに、「雪」はまだいくらでも食べる。餌が目に入れば、とにかく容器に鼻を突っ込む。それで、もともと毛が長いこともあって太って来たように見える。もしかすると、十キロもあるようなデブ猫になるかもしれない。

自分の寿命も長くはないのに私は猫の命の長さについて、その場限りの考え方をしている。私の生きている限り死なれるのはいやなのだが、私の死後、息子夫婦が飼ってくれるという約束は取りつけていない。しかし、とにかく人間でも猫でも度を過ぎた肥満は健康に悪い。

私は朝、猫たちに充分食べさせると、夕方まで餌の入れ物を取り上げることにした。これで一日に二食きちんと食べて、しかも過食にはならないだろう。

お腹が空かない時は無理に食べなくていい

しかし、私は人間の食欲に関してはあまり心配していない。人間は必要なだけ、食欲を保っているような気がする。食べたくない時には食べなくていいのだ。少なくとも数日や一週間、水分さえ摂っていれば致命的なことにはならない。水分さえ、と言ったが忘れてはならないのは塩分もである。

私はアフリカなどの僻地《へきち》旅行で、やはり何度も体調をくずした。お腹が不調な時は食べないことにしているからそれでいいのだが、時々何も食物を口にしていないのに、吐き気がすることがある。それは塩分の不足の徴候なのである。

そんな時にはスープ一口、梅干し一個を食べればすぐ治る。しかし日本人の食生活にとっては、塩は体に害毒だとしか考えていない人が時々いる。

しかし塩は必須のものである。

今、世間の人は太ることだけを恐れているが、それは食欲を他の目的に振り替えているからだと思う。私の感じによれば食欲は、一種の自動制御装置で、満腹になれば、それを知らせる機能を持つ。しかし人間の複雑な生活の中では、この制御装置を乱す要素が出て来るのである。

つまり、お皿の中のものをすべて食べてしまいたいという整理欲とか、目下のところ目の前に食べものがあると、それがなくなるまで他のことを考えられないという、一種の視野狭窄《きょうさく》のような心理が生まれるのだと思う。

初老にさしかかった或る時から、私は食べるのが遅くなった。生活の中で急ぐことがなくなったので、食事やお茶をゆっくり楽しむようになったのかもしれない。その結果、私の食べる量は明らかに減った。別に歯が悪くなったわけでもない。ただ長くかかると、食べるという行為に飽きて来るのである。

今、歯の話が出て来たが、歯と食べるという行為の間には実に密接な関係がある。私は親から丈夫な歯をもらった。まだ全部自分の歯である。後天的には偶然、私は甘いものが嫌いだった。今でも和菓子はほとんど食べない。「こんなおいしいものの味を知らずに一生過ごすなんてかわいそう」と友だちに言われるが、全く食べたいと思わない。

その偶然のおかげで、私は虫歯の手入れはするけれど、未だに全部自分の歯を保っていられるのだろう。

ドバイで買ったイランの塩

しかし、甘いもの好きな人に、お菓子を食べるな、と私は言えない。小さな人生の楽しみを、その人から軽々に奪ってはいけないと考えている。ただ私は、甘味の代わりに「地の塩」とでも言いたい塩のうま味を知った。

私は外国へ行く度に塩を買って来る。初めておいしい塩の味を知ったのは、ザルツブルクだった。ザルツは塩ということだから、ここは「塩村」なのだろう。同じ塩でも舐《な》めて甘いと感じるようないい塩だった。おいしい塩は世界中のどこにでもある。

南アフリカ共和国に行った時も、修道院の食堂のテーブルの上に、埃だらけの薄汚い塩の袋がほっぽり出してあった。肉料理に加えたらすばらしくおいしい。私は未練がましくその袋をいじりながら、隣に座っていた土地の神父に言った。

「神父様、私は今ここに置いてある塩の袋をシスターたちに断りなくおみやげに持って帰りたい、と思っているのですけれど、悪いことでしょうか」

袋の中身は少し減っていたが、もともと小袋だった。

「いいでしょう。こんな塩は安いものですよ。それに今あなたは私に断ったから、盗んだことにはならない」

神父は笑っていた。

それ以来私は、外国でおみやげを買って来てくれそうな人に、時々塩をねだることにした。何より塩は安い。持って帰り易い。大量に持って帰れば問題かもしれないが、半キロ、一キロの範囲なら関税で引っかかることもない。買うのに手数がかからない。どんな僻村でも塩なら売っている。そして塩さえおいしければ、どんな料理も自然においいしくなる。水と塩の順に料理には大切なものだ。

私の欲しがるような塩は、大抵埃だらけの袋に入っている。村で一軒しかない「ヨロズ屋」で売っているようなものだからだ。しかし途上国のスーパーではこのおいしい塩は売っていない。

或る時、私はたった半日ほど飛行機の乗り換えのためにドバイに行ったことがあった。ホテルにいるには長過ぎる。しかしあまり見る場所もない土地だった。

旅行会社が気を利かせて、二、三時間のツアーに行く車を出してくれた。ギラギラした太陽の下では、あらゆる色が飛んでしまっているような土地である。

車はお決まりのコースのような新しい町を走り抜け、やがて海の傍の小さな一軒の店に入った。

「ここでおみやげを買えます」

と、ガイドが言った。

「棗椰子《なつめやし》もありますよ」

初めて棗椰子を食べた時は感動した。甘くて柿みたいだった。その実は熟したばかりでも、少し干したものでも、カチカチに水分を失ったものでも食べられた。食料としては完璧だった。しかし私は今さら改めて、棗椰子の実を買う気力もなかった。

「塩は？」

「あるよ」

アラブ風の上着を着た店主が言った。そして大小さまざまの薄汚い塊を取り出した。

「粉になっているのはないの？」

「粉がよかったら、グラインダーで挽《ひ》くよ」

私はそれを五百グラム買うことにした。店主はまず塊を丈夫な封筒のようなものに入れてそれを土間に置き、上から石で叩き潰し始めた。塩がやや小さい塊に割れたところで、彼は中身を金属製のグラインダーに入れ、かん高いモーターの音をさせながら挽き始めた。

「この塩はドバイの塩？」

と私は聞いた。塩田があるのかな、と一瞬思ったのだ。

「いや、イランの塩だ」

ドバイの北西には、いわゆる湾岸が拡がっている。その東海岸はずっとイラン領なのであった。

私はすぐその塩を舐めてみた。イランもその国民性は一筋縄ではいかない国と聞いているが、塩は甘く優しい味であった。

第十六話　失敗したら訂正し、半歩か一歩前進する

弱点のない人間はいない

私は親から健康な臓器をもらっていたが、視力だけは、生まれつき弱視に近かった。小学一年生の時、もう黒板の字が見えなかった。

皆は見えているらしいのに、どうして自分だけは見えないのだろう、と訝《いぶか》っても、まだその年頃の子供は、顔があって眼がある限り、自分も人と同じように見えているはずだと思っている。近視とか弱視などという問題は、親が改めて説明してくれない限り、自分の能力が人より劣っているという現実を理解できない。

もちろん体の機能は、人並みにある方がいい。しかし劣ったところがあるのも、いい

とはいえないまでも、一つの特徴として使い道はあるのである。

私は幼い時から、この眼のせいで、少し人を恐れるようになった。親から挨拶の仕方は教わっていたから、私は他人から見たら、挨拶のうまい誰とも話のできる明るい性格の子供に見えただろう。しかし私の本性には人を恐れ、他人の中に出て行きたくない心情が渦巻いていて、それは一生変わらなかった。

その理由の第一は、私には人の顔を覚える機能が欠けていたからである。見えないのだから、初対面の時に、相手の特徴を覚えられるわけがない。昨日会った人に今日会えば、また初対面の挨拶のような態度を見せてしまう。言われた後で深く恥ずかしくなり、相手はきっと自分のことをたった一日で忘れた私の性格が嫌いになったろう、と思う。自分のことを素早く覚えてくれない相手など世間は嫌いになるものである。

嫌いになられてもいいのだが、第一、それは無礼なことである。無関心はいいのだが、私は無礼な関係というものを好きになれない。それくらいなら、遠ざかっていればいいのに、と思うからである。

それで私は、いわゆる「社交」を嫌った。私の若い時代、戦争中は厳しく禁じられていたダンスが解禁され、若い男の子と女の子が映画やピクニックに行くことも、親の許しがありさえすれば行ってもいいことになった時代だった。

ピクニックは別として、ダンスが目的のパーティーでは、少なくとも十人を超す初対面の人に会う。私は相手の目鼻だちがよく見えないので、服装で覚えることにした。

初対面でも女性はドレスが人によって大きく違うので覚えるのに始末がよかったが、男性は似たような色の背広ばかりなので困った。私は仕方なくネクタイの色で記憶することにした。

しかし、これも不自由なことだった。次回のパーティーに同じネクタイを締めてくる人はめったにいなかったから、私はつまり、その人を覚えられなかったのである。

私は頻繁に眼鏡を新調し、後にはコンタクトレンズも使い、何とかして視力の不足を補おうとしていた。しかし基本的に、矯正視力でも一・〇以上出ることはなかった。

中年になってから、甘いものが大好きな友人に再会すると、彼女は好物のケーキのおかげで歯を悪くして、歯医者さんにうんとお金を使ったという。

「もしかすると軽自動車を一台買う分くらい、歯にお金を使った」

と言うので、私は笑い出した。相手の口の中に軽自動車が一台入っている図を想像したからである。これは明らかに優越感を含んだ笑いのはずだった。

塩味が好きな私は、歯は悪くならない。虫歯で治療をしたものはあるが、八十代半ばになっても、歯はまだ全部自分の歯だ。

しかしこの相手を笑い物にしようとした漫画は、すぐ次に自分の戯画像になった。

私は歯にはお金をかけなかったが、強い近視のために眼鏡だけは無数に親に作ってもらった。それこそ軽自動車一台分か、それ以上の出費だろうと思う。軽自動車が一台、鼻梁《びりよう》の上に乗っかっていると想像すれば、それもかなり滑稽な図だ。

多分あらゆる人は、他人には言わなくても、それぞれに弱点を持っているのだろう。胃腸の弱い人もいる。歩けない人もいる。若い時から聴力に問題のある人もいる。私の青春時代は遠くのものが見えなかった。だから精神も「近視眼的」なまま固定した。

しかし、それも使い道があるのだ。

人間は、自分以外の人間にはなれない

私は他者を恐れ、うちにばかり引きこもっていたから、作家に向くような性格を持つようになった。現実の今の私の眼は、老眼がかかり、その上他人には説明してもしきれないような面倒くさいいくつもの眼の病気の結果、逆に裸眼で以前よりかなり遠くのものが見えるようになっている。もちろん読書をする時には年齢相応の眼鏡をかける。そして透明な視力のある人の眼力を恐れ、羨ましくてならない。

しかし私は成長期に外界が見えにくい、という特徴を持った。それを欠点と思い、引け目と感じ、その性能の悪い眼で生涯暮らすのだ、と覚悟しなければ、私は生きられなかったのである。

外界が見えにくい、ということは、推理力や創造力を育てる。うまくいけば人の心を素早く察するが、間違えると憶測や邪推の塊になる。嫌な性格だ。私にはその嫌な性格の基礎を作る素質だけは充分にあった。

しかし人間は、自分以外の人間になれないという運命を持っている。

最近私は、いろいろな経緯から、二匹の猫を飼うことになった。どちらもスコティッ

シュフォールドという種類なのだそうだが、雄の「直助」はごく普通の「お稲荷《いなり》さん」色の毛だ。雌の「雪」は白い長毛だが、ところどころに薄茶や薄汚れた雪のような泥色の毛も混じっている。どちらも猫の美男・美女コンクールには向かない庶民的器量である。

しかし、いつの間にか——と言ってもほんの半年ほどの間に——私はこのどこかに雑種の血の混ざった猫たちこそ、我が家の家族と思うようになった。猫の親バカになっていたのである。猫の本能は大体似たようなものだろうと理解してはいるのだが、それでも夜、姿が見えなくなって探し回ると、私の仕事用の椅子の上に得意気に座っていたりする。

「お母さん（私はいつの間にか猫のお母さんになっていた）は、そんなに勤勉じゃないから夜は仕事をしないの。覚えておきなさい」などと言いながら、私の生活のリズムをよくここまで覚えたものだ、と思う。

この地球上の「人口」は七十数億、「猫口」は二億四百万という話を読んだことがあるし、今は猫のブームだというから、もっと多いのかもしれない。少なくとも、三十人に一匹がいることになる。

別に深く意図したことではないが、夫がいなくなった後の私の暮らしの中に、自然に二匹の猫が入って来たのだ。私は夫の死後、暫くの間疲れ切って、毎日寝てばかりいた。朝起きるのも面倒であった。しかしそれでも私が窓を開け、新鮮な風を入れ、日常の生活に戻れたのは、二匹の猫がいたおかげだった。

餌をやり、飲み水を取り換える。彼らの健康のために、それらのことは待ったなしだった。家の掃除は少しくらいサボれる。しかし猫に水と餌をやることは生命に関わっている。猫たちによって、私は生活のリズムを与えられたのだ。

人間の生活を決めるのは、当人の気持ちだということは明確なのだが、皮肉なことに、個人は自分が願うように生活を成り立たせることはできない。親や兄妹などの身内の関与、時代の流れなどが、いつもその人の暮らしに変化を与えて来た。

その人の生活は、当人の意図に沿うべきものではあるのだが、運命はいつも流される部分を持っているようだった。そして、その不当な流れに耐えることが、その人の才能の一部とさえ思われるまでになった。

人間はどんな立場になろうが、自分を生かすしかない

母が生きていた頃、私にとってペットを飼うということは、してはいけないことだらけだった。抱いたらすぐ手を洗いなさい。決して動物を寝床の中に入れてはいけません。人間の食器に口をつけさせてはいけません、という具合だった。

しかし私一人になると、私は二匹の猫にしたい放題のやり方で接した。人間の食物は与えなかったが、彼らが夜、私の毛布の中に入って来るのを拒まなかった。誰も見ていないのだからいいや、と感じたのである。

ことに雌の「雪」はヒゲで私の頬にさわり、私の腕の中で眠りに落ち、間もなく暑くなるのか、深夜勝手に私の寝床を抜け出して床に下りるようになった。私は半分夢の中で「そうだ、猫も人間も自立が大切」などと思いながらほっとする。

私は夫がいなくなって初めて、自分の生きたいように暮らすことを知ったのだ、と言ってもよかった。それまで私は、両親の娘、やがて夫の妻、息子の母として、自分の家の中でも、自分の行動が家族の他のメンバーにどういう影響を与えるか、ということを

反射的に考える癖がついていた。

しかし人生の終焉《しゅうえん》の頃になって、私は初めて自分勝手な生き方を許された。だからいいというのでもなく、悪いというのでもない。私はそういう状況に置かれたのだ。

そして人間はどのような立場になっても、生きている限り、そこで自分を生かすほかはない。囚人になっても、難民になっても、外国人として迫害されても、自殺するだけの気力がなければ、人間は自分を生かすための配慮をするほかはないのである。

つまり人間は、必ず個々に、生きる場を与えられる。どれも苛酷でないことはない。

私は時々動物園の檻の中の動物の境遇をかわいそうに思うが、彼らは本来生きていた自然の中でも、外敵から逃れるために闘っていただろうし、自分を襲う敵もいず、餌も充分に与えられる動物園の中でも、それなりに心理的ストレスと折り合って行かねばならないだろう。

人が前進するには失敗が必要

自分が今置かれている境遇を歎《なげ》くことは、それ自体虚しいことなのかもしれない。今の現実から逃れるのではなく、現実を土台として出発することが必要なのだから。

家を一軒建てたことのある人なら、初めから設計することのむずかしさを知っただろう。そんな経験がなくても、改築なら確実に効果が出る方法を私たちは知っている。

人間の行動は、すべて一歩前進なのだ。少なくとも私には、今世紀の終わりくらいまでの家なら空想できるかもしれないが、来世紀の家を設計することはできない。「空飛ぶ自家用車」や「服のまま入ると、体と服と同時に洗える浴室の装置」くらいは考えがつくが、それらの道具の現実的設置に関わると、必ずと言っていいほど、細部の配慮ができないだろう。

私たちは必ず、現在を基本にする。今までに失敗した点を訂正し、半歩か一歩だけ前進する。前進や改良という行為のためには、現在の失敗が必要だということになる。とすれば、私たちはいつも、まともに現在の失敗を受けとめることが成功のもと、ということになる。今さら「失敗は成功のもと」などと教訓的なことを言う気はないが、それが現実なのであろう。

私の知人に、いつもイケメンが好きな人がいた。彼女が言う「感じのいい人」というのは、美男でないどころか風采のあがらない人なのであった。

ただそういう人の中に個性的な性格が目立つと、それはさらに光って見えるのである。

音楽家になる人などの青春時代を見ていると、彼らは十代の手前か初めから、一直線に才能を伸ばし、磨き上げてそれなりに成功しているように見える。

一方、小説を書くというような才能は、長年ごろごろと石ころのように才能を転がし続け、何十年も経つと、やっとそれが丸みを帯びた観賞用の石になっている、という感じだ。

しかしそれらの変化の過程は、すべて今日の現実が、どんなに悲惨なものであろうと、それを受け入れて、そこから出発するという運動の法則のもとに成り立っている。

今日は「変化と成功の一歩手前」なのだ。この現実を承認しない夢見る娘たちは意外と多い。

第十七話　人間という存在について

人は年を取れば不調になって当然

この数日、私は暇さえあれば「ごろごろして」過ごした。流行のインフルエンザにもかかっていないし、小食だからお腹も悪くしていない。八十代の後半なのだから、日がな一日怠けていても不思議はない、と自分に甘い。

ただ身のまわりのことは自分でする。「メンドウくさいなあ」と思いつつ、歯は磨くが顔は時々洗わない。どこへも出かけないのだから、顔を洗わなくても公害にならない。そして誰も私が顔を洗わないことに気がついていない。これはなかなか愉快なことだ。

若い時には顔を洗うのはもちろん、お化粧をし、髪を整えなくては外界へ出て行けないような気がしていた。だから今までの努力は水の泡ということか。しかし今は素顔のままで通る。こうなった上は「仏頂面《ぶっちょうづら》」をしないことだけは心がけている。

世間は裏表のない人がいいというけれど、私は裏面《りめん》のない人など嫌いだ。どんなに沈んだ心でいても、せめて人の前にいる時は明るい顔をしている人が好きだ。裏表のない人はゴリラと同じだ、と思う。

健康についても同じだ。病気は本来隠さなくてもいいものだ。機械も人間も不調になって当然だからだ。それをいちいち気にしていたらたまらない。

ただ自分の病気の話は、他人にとって退屈なものだ。それに気がつかない人は、年を取れば身に付くと言われる知恵がない。「孫、病気、ゴルフ」の話は、集まりの中でしないことになっている。

私は今、年齢の点でも、ガタの来ている健康の面でも、人生で妙味を要求される時期にさしかかっている。病気は回復すればよくなる。しかし老人はこの先、若い頃のようになることはない。風邪や食当たりくらいはよくなるかもしれないが、長年の持病や中年以後にかかった不調（たとえば足の骨折のようなもの）は完全にはよくならない。

私は七十代の半ばまでに足首のあたりを二カ所骨折した。今でも見る人が見たらきれいには歩けていないのだろうが、私は松葉杖をついて、カンボジアの地雷処理の現場に行った。

その後も、一人で荷物を持ってアフリカにも何回も行っている。行けないと思えば行けないのだし、行けると思えば必ず行ける。今は、慢性腎炎の患者さんでさえ、先進国なら透析をしながら旅行できる。

ただ、私のように若い時に僻地に行ってしまうと、後は却って文明国で知らない所を見たいと思うか、改めて日本中を歩いてみたいと思うかになる。

何を希《こいねが》うかは、その人の体が決めて、その人の意志が伝える。「行きたくない」「無理だ」と思えば、やめればいいのだし、「無理でも行ってみよう」と思えば何でもないこともある。

人間の一生は何気ない日々の連続

昔、長いこと患って車椅子の暮らしをしていた女性がいた。私が企画した「聖書の土地をめぐる巡礼の旅」に行けるとは思っていなかった、と知り合った時、言っていた。

しかし私たちの聖書研究の旅は、健康な人がその体力を障害者のために捧《ささ》げる約束もしていたので、その車椅子の女性の参加を何の問題もなく受け入れた。

私は彼女を少しも特別扱いしなかった。からかったり、車椅子も入らないような教会の曲がった階段では「肘を使って、イモ虫みたいに這《は》い上がってみて……」などと厳しいことも言った。彼女はすばらしく明るい性格だったので、そのすべてに耐えた。

私は彼女にラクダの試乗もさせた。落ちたら危険だから、と普通は乗せないのが常識である。

しかし若い男性が後ろから抱いて支えれば、大丈夫なのである。とにかく彼女はまわりの人と全く同じ体験をし、無事日本に帰って来た。後で聞くと、彼女は日本を発つ時、旅の途中で死んで小さな箱に入って帰ることまで覚悟していた。

ところが、彼女は元気いっぱいで日本に帰って来た。そして主治医は「どこで、どんな療法をしてこんなによくなったのか」と、尋ねたのだという。

私は彼女の病名を知らないのだから、医学的判断も与えられないのだが、とにかく毎日が楽しく、目的を持ち、いささかの困難にも人並みに耐えて、人間としての使命を果たせたという自覚さえ持てれば、その日は輝いているのである。

それは、肉体と精神の両面において、その人の使命を果たしたことになるからだ。

人間の生涯はそのような何気ない日々の連続である。だから、特に勇敢なことも、知性において名をあげるようなことも、何もしなくてもいいのである。ただ、その人として限度いっぱいに生きたことを示せば、それでその人は充実した一日を暮らしたことになる。そして満ち足りた一生というものは、そうした充実した人生の日々の積み重ねのことを言うのであろう。

病気でも健康でも大した意味はない

食事だの運動だの、私に言わせれば自分の体を気持ちよくするための「小細工」はいろいろある。しかしほんとうのものは、自分の持てる才能のすべてを使って、自分らしい一日を過ごしたかどうかなのだ。そして、その充実の度合いは、外部の誰にもわからない。

私は、実は今日一日の不調が、大したことだとも思っていない。同じ意味で、「どこも悪くない健康」も大したことではない。人はその不完全な体で、何を考えるかにあるのだ。「マッチ売り」の貧しい少女は、マッチを一本すっている間に「幸福」を見た。だから、それなりに完全な豊かさや幸福を知った少女だったのである。

一九四五年に十四歳直前だった私は、戦争中の東京の家の庭で、アメリカのグラマン戦闘機に狙い撃ちされた。屋根すれすれに出て来た戦闘機のパイロットの顔まで私は見たのだし、彼は明らかに庭にいた私を標的にした。今、この話を思い返してみると、運が悪ければ、私はその時撃たれて死んでいた。だから弾丸に当たらない方がよかったに決まっているのだが、生き延びてみれば、私は標的にされたという記憶を持った分だけおもしろい人生を生きたのだ。

戦後に会ったアメリカ人の知識人にこの話をすると、「非戦闘員の、ましてや女の子を撃ったりしませんよ」と言う。しかし「そんなこと考えている暇もないのが戦争ですよ」と、私は言っておいた。

人間の根本は、赤ん坊を見ればかわいくて抱きたいと思う。総じて子供は、人間でもライオンでも針鼠《はりねずみ》でも、かわいくできているのである。だから傷つけるどころか、抱き上げて頬ずりしたいと思っても当然なのである。

しかしそうは思っても、自分を傷つける存在となると、殺しても平気だ。医学の研究者でもない私は、顕微鏡の下でコレラ菌など見たら、「かわいい」とは思わずに、やはり安全に始末してほしいと願うに決まっている。

生物は、そうした自己保存の情熱のもとに続いて行く。それを思うと、殺し合いをする戦争など考えられないはずなのだが、人間の中には「敵は殺したい」という欲求も極めて健全にあるようだ。

自分の命を失うことで、人間を全うする人

今、この原稿を書いているのは平昌《ピョンチャン》オリンピックの最中で、テレビをつければ、白い世界で選手たちが闘っている。今は理性の時代だから、やたらに人を殺さない。しかし囲碁もサッカーも、相手を負かそうとして、相手の「コマ」になる力を奪う。

ごく普通の意味で、人間は死ぬと存在意義を失う。知的作業もできないし、労働力としても使えない。スポーツやゲームの世界でも、味方のために殺されないように闘うの

である。

もちろん、時には自分の命をなげうって、他人を救おうとする人がいる。ホームから線路に落ちた子供を救って、自分は轢《ひ》かれて死ぬような人だ。このような人は、自分の生命を他人に譲ったのだろう。自分の生命は失ったように見えたが、実は自分の命を与えることによって、人間を全うしたのだ。

人間というものは、そこまで複雑な人生の意義を追うことのできる存在なのだ。

最期まで人間を失わないでいられるか

ありがたいことに現在の日本では、オウム真理教のような極端に破滅的な教義でなければ、どのような考え方をすることも許される。だから自分の責任において、自由な選択のもとに将来を決められない人生や青春というものはないのだ。

そしてさらに、その上に自分の肉体的素質が加わる。私の知人に——女性だが——朝どうしても早く起きられない人がいた。目が覚めるのが普通午前十時なのだという。

大学生の頃、彼女は将来の就職に悩んでいた。もし東京の丸の内の会社に勤めると、間に合うような時間に自宅を出られるとは思えない。何しろ八時に起きるのだって大仕事なのだ。

「じゃあ、バーに勤めなさい」

と私が言った。

「私の知人には銀座で飲む人がたくさんいるから、いいバーを紹介してもらってあげる。それなら午後起きて、夕方四時頃出勤すればいいでしょう」

遅い出勤には気が向いたらしいが、勤め先で客の酒の相手をするのはうんざりだったらしく、バー勤めの話はそれきりであった。

しかし私は、他人のことだと思って、無責任に夜の勤めをしろ、と言ったのではない。私はどんな職業にも、プロがあると信じているのだ。

一人の男性が、会社ではいろいろと鬱屈《うっくつ》した思いを持って帰途に就き、その帰り道にバーですばらしく話のできる女性と出会ったら、それは短編小説になるくらいのことなのだ。もし彼が、その夜自殺しようかと思っていたとしたら、確実にその夜は自殺するのを延ばしていただろう。人間の存在、魂のこもった会話というものは、それほどの力があるのだ。

先日の新聞に、本を全く読まない学生がいる、と報じられていた。私は体験と本は同じくらい大切だと思っている。本を読まないと、体験に潜んでいた原則がわからない。しかし本だけだと、原則の外側に息づいている人生の血肉の部分が豊かにならない。

母が一人っ子の私を死なせまいとして、極端な清潔を基本にした暮らしを体験させたことは、私のその後の健康には役に立たなかった。しかし決して無駄ではなかった。私は不潔に耐える意味を知り、そのために途上国を旅行し、その結果、土の上にじかに寝ることも、手を洗わずに物を食べることも平気になったのである。

不潔に耐える心身の生き方を覚え、雑菌が入る環境で生き抜くことは、一つの技術である。

第二次世界大戦中のヨーロッパ戦線で、アウシュヴィッツなどの強制収容所で殺される運命にあったユダヤ人の少女が、その美声の故に死を免れたということも、歴史は書き残していなくてもどこかにはあったろう。ガス室にユダヤ人を入れて大量殺人を日々の仕事にしていたゲシュタポの中にも、音楽を聴いた時だけ人間を取り戻したという例がなかったとは思えない。

だから私たちは、最期まで人間を失わないでいられるのだとも言えるし、だから皮肉にも人間性が弱味になるのだとも言えるのである。

本書は「小説幻冬」二〇一六年十一月号から二〇一八年四月号に連載された「体が教えてくれる生きる智恵」を改題し加筆修正したものです。

著者略歴

曽野綾子《そのあやこ》

一九三一年東京都生まれ。作家。聖心女子大学卒。一九七九年ローマ法王よりヴァチカン有功十字勲章を受章、二〇〇三年に文化功労者、一九九五年から二〇〇五年まで日本財団会長を務めた。一九七二年にNGO活動「海外邦人宣教者活動援助後援会」（通称JOMAS）を始め、二〇一二年代表を退任。『人間にとって成熟とは何か』『人間の分際』『老いの僥倖』（すべて幻冬舎新書）など著書多数。

幻冬舎新書 500

人間にとって病いとは何か

二〇一八年五月三十日　第一刷発行

著者　曽野綾子

発行人　見城　徹

編集人　志儀保博

発行所　株式会社　幻冬舎

〒一五一−〇〇五一　東京都渋谷区千駄ヶ谷四−九−七

電話　〇三−五四一一−六二一一（編集）

〇三−五四一一−六二二二（営業）

振替　〇〇一二〇−八−七六七六四三

ブックデザイン　鈴木成一デザイン室

印刷・製本所　中央精版印刷株式会社

Printed in Japan　ISBN978-4-344-98501-8 C0295

そ-2-4

幻冬舎ホームページアドレス http://www.gentosha.co.jp/

＊この本に関するご意見・ご感想をメールでお寄せいただく場合は、comment@gentosha.co.jp まで。

幻冬舎新書

曽野綾子
人間にとって成熟とは何か

年を取る度に人生がおもしろくなる人と不平不満だけが募る人がいる。両者の違いは何か。「憎む相手からも人は学べる」「諦めることも一つの成熟」等々、後悔しない生き方のヒントが得られる一冊。

曽野綾子
人間の分際《ぶんざい》

ほとんどすべてのことに努力でなしうる限度があり、人間はその分際(身の程)を心得ない限り、到底幸福には暮らせない。作家として六十年以上、世の中をみつめてきた著者の知恵を凝縮した一冊。

曽野綾子
老いの僥倖《ぎょうこう》

年を取ることに喜びを感じる人は稀である。しかし「晩年にこそ、僥倖(思いがけない幸い)が詰まっている」と著者は言う。知らないともったいない、老年を充実させる秘訣が満載の一冊。

志賀貢
臨終の七不思議
現役医師が語るその瞬間の謎と心構え

いちばん幸福な死に方とは何か? 恐れながら死ぬ人と達観しながら死ぬ人の違いとは? 医師生活50年、数千の臨終に立ち会ってきた医者が初めて明かす、臨終の真実、そして看取りのコツ。